U0580104

北师大诗群书系

张清华 主编

宋晓贤的诗

宋晓贤

The Poem of Song Xiaoxian

北京师范大学出版集团
BEIJING NORMAL UNIVERSITY PUBLISHING GROUP
北京师范大学出版社

诗不塑造灵魂，诗就是灵魂。

———宋晓贤

[上] 在香港九龙城展示诗歌刊物

[下] 与诗人唐欣、欧亚、朱剑、阿斐在一起

在香港中文大学后面的吐露港

在韩国教育机构参观

在首尔郊外

在大学举办讲座

假如从胡适《尝试集》中最早的几首算起，2016 年恰好是新诗诞生一百周年。 一百年，中国新诗已从稚嫩的学步者，走到了多向而复杂的成年，水准和面貌的成熟与早年相比，早已不可同日而语。 而且如果从胡适这里看，中国新诗诞生的摇篮不是别处，就在大学中。 数一数"五四"时期其他几位重要的白话诗人，沈尹默、周作人、康白情、刘半农、俞平伯……几乎都是北京大学的教授。

算起来，北京师范大学与北京大学本亦属同源，1902年创立的京师大学堂师范馆，即北京师范大学的前身。京师大学堂最早成立于 1898 年的戊戌变法中，但两年后

1

因八国联军入侵京城而关闭。1902 年初战事平息，清廷下令恢复京师大学堂，且因急需用人而举办速成科，分仕学和师范两馆于 1902 年 10 月开始招生。有此前缘，北京师范大学便可以当仁不让地认为，她本身也是新诗和新文学诞生的摇篮之一了。而且还可以列出这些名字：梁启超、鲁迅、钱玄同、钟敬文、穆木天、沈从文、石评梅、郑敏、牛汉……在当代，还有一大批作家和诗人都是出自北京师范大学。2012 年获得诺贝尔文学奖的莫言，也是北京师范大学的校友作家。与他一个班的，还有余华、迟子建、严歌苓、刘震云、洪峰、毕淑敏、海男、刘毅然等一大批，就读于 1980 级本科的还有苏童，1982 级的则有陈染，干部班的还有刘恒，等等。

　　从这样一个角度看，尽管"北师大诗群"是一个相对封闭的小概念，但其历史格局与背景谱系不可以小觑——某种程度上它甚至可以看作新诗历史的一个缩微版。鲁迅自 1920 年到 1926 年在北京师范大学任教达六年，1927 年由北新书局出版的《野草》均写于此间，其中收入的作品多曾发表于 1924—1926 年的《语丝》周刊。而且从各方面看，如果我们不以狭隘之心看待"新诗"这一概念的话，那么说《野草》代表了这一时期新诗的最高成就，大约也不为过。因为很显然，以胡适为首的"白话新诗派"的作品确乎乏善可陈，在语言和形象方面都显得单纯和稚嫩，而郭沫若出版于1921年的《女神》，虽说真正确立了新诗的诞生，但从美学上还止步于以启蒙主义为基础的浪漫主义，而几年后的《野草》则真正抵达了以叔本华、尼采、克尔恺郭尔的思想为根基的存在主义，在语言上它也堪称创造出了一种真正现代的、象征与暗示的、多意而隐晦的语体。直到今天，它也还散发着迷人的魔力，以及解读不尽的晦暗意味，甚至它的"费解"也是这魔力的一部分。

因此，如果要真正编纂一套"北师大诗群书系"的话，鲁迅的书应该排在首位。只是因为《野草》的版本如此普及，我们才不得不放弃此举，但必须将之放入这一谱系的最前端，这套丛书才算有了"合法性"。

现代中国新诗的道路显然相对复杂，有无数的歧路与小径。但说到底，在1925年《微雨》出版——即以李金发为代表的"象征派"出现之前，在1924年始鲁迅的《野草》陆续发表之前，新诗基本还处于草创期，语言并不成熟，一套新的艺术思维也还未成形。之后新诗步入了一个建设期，简单看，我以为大抵有两条路径：一是以闻一多、徐志摩等为代表的留学英美的"新月派"，主要师承了英美浪漫主义的传统，这一派固然写得好，人气旺，讲究修辞和形式感、韵律和音乐性，但从艺术的质地与难度、含量与趋势看，似乎并不能真正代表新诗的前景与方向；二是颇遭质疑的"象征派"，以及稍后至20世纪30年代初涌现的以戴望舒、艾青等为代表的"现代派"则表现了更为强烈的冲击力与陌生感，其普遍运用的隐喻与象征、感觉与暗示的手段，以及在诗意上的沉潜与复杂，都更准确地体现了现代诗的要求，因此也就更代表了新诗发展的前景。

从这个意义上说，鲁迅所开辟的诗歌写作传统或许才是真正"正宗"的。虽然很久以来，人们将其当作"散文诗"，狭隘和矮化了它的意义，但是从大的方向看，鲁迅的诗更接近于一种"真正的现代诗"，其所包含的思想、思维方式和美学意味更能显示出新诗的未来前景。换言之，鲁迅所开创的新诗的写法，对于新文学和新诗的贡献是最重要的。从这个方向看，穆木天的重要性也同样得以凸显，他出版于1923年的第一本诗集《旅心》，也因为初步包含了一些象征的因素，而在创造社的浪漫主义派别中具有了一些特立独行的意味。当然，那时穆木天与北京师范大学之间尚未有什么交集。之后在20世纪40年代赫然鹊起的"九叶"之一郑敏也一样，她作为诗人诞生于西南联大的校园，昆明近郊的稻田边，与北京师范大学的距离也还显得过于遥邈；而远在西北，就读于抗战时期西北联大的牛汉，那时在诗歌写作上还远未真正显露头角……种种迹象表明，在鲁迅之后，北京师范大学这座校园与新诗之间的联系似乎不够紧密。

如此说来，"北师大诗群"这样一个概念也就在"历史客观性"上面临着检验。一方面，她有着足以令人钦服的鲁迅传统，同时又似乎在很多年中略显沉寂和寥落。另一方面，20世纪五六十年代之后长期执教于北京师范大学的穆木天与郑敏，主要的写作和影响时期也不在此间。此间出现的一些写作者似乎又不能在整个诗歌史中具有代表性。因此，假如我们硬要赋予这一概念一些"底气"的话，那么将这段历史当作一种漫长的前史、一种久远的酝酿，或许是更为得体和合适的。

但当时光飞到 20 世纪 80 年代之后，北师大人就再也没有错过时代的机缘。1978 年以后，牛汉的《半棵树》《华南虎》等作品都引发了巨大的反响，而执教师大且再度浮出的郑敏也在随后被命名的"九叶诗人"群中显现了最为旺盛的持续创造力；20 世纪 80 年代后期开始，任洪渊也开始发力，他创造了一种具有"现代玄学"意味的诗体，同时以特有的思想煽惑力，为一批喜爱诗歌写作的学生提供了兴趣成长的机遇；之后同在北师大任教的蓝棣之也作为诗歌研究家，以鲜明的风格影响了校园的诗歌氛围。因了这些具体的影响，当然更多还是出于这一年代的大势，1984 级和 1985 级中出现了前所未有的诗歌写作热，涌现出了宋小贤、伊沙、徐江、侯马、桑克等一批诗人。 这批人在 20 世纪 90 年代迅速成长起来，成为当代诗坛的一支新军。 尤其以伊沙为代表，他在 1992—1993 年的两期《非非》上刊出的《历史写不出的我写》《中指朝天》两组诗，堪称惊雷般振聋发聩的作品，对这个年代的文化氛围造成了犀利的冲击和颠覆、戏谑和解构的效果。由此出发，"北师大诗群"这一概念似乎渐渐生成了一个雏形。

迄今为止，在当代中国的诗歌生态中，假如说存在着一个有机的"解构主义写作"的派系的话，那么其肇始者应该是 20 世纪 80 年代中期的韩东和于坚。 但他们此期的作品，其解构效能基本上还处在观念阶段，语言层面上的解构性还未真正生成。 无论是韩东的《有关大雁塔》《你见过大海》还是于坚的《尚义街六号》、李亚伟的《中文系》，这些作品虽已高度经典化，但细审之，还远未在文本层面上形成真正的戏谑性。 只有到了伊沙的《梅花：一首失败的抒情诗》《事实上》《车过黄河》《结结巴巴》《诺贝尔奖：永恒的答谢辞》一类作品出现，在诗歌写作的主题与话语类型上、在词语与美学上，才产生出真正的解构力量。这种冲击在文化上引申出来的精神意义与美学势能成为所谓"口语派"或"民间写作"在1999年"盘峰诗会"上提出的依据及底气。没有这种写作背后的文化精神，以及在美学上强有力的颠覆性，单纯在风格学上强调口语，显然是没有多少意义的。

而这也就是在世纪之交新的一波诗人得以出现的因由，在沈浩波们那里，这种前所未有的解构性写作被经验主义地进行了发挥，"下半身"美学诞生了。但问题是，破坏力的持续发酵失去了文化或美学上内在的理由。如果说人们从早期伊沙的诗中可以读出美学的激愤和文化的合理性的话，那么在"下半身"运动中，这种文化的合理性似乎打了折扣，并因此而遭到了更多质疑。但是，从历史长河来看，沈浩波们所发起的破坏性的极端写作成全了"北师大诗群"在文化精神与美学取向上的一种连贯性，以及"奇怪的针对性"——他们仿佛是专门为"北师大诗群"而生的。在北大的文化产床上诞生了海子、西川、骆一禾、臧棣……那么在北师大的摇篮里就势必要生长出伊沙、徐江、侯马、沈浩波……这似乎是冥冥中的一种逻辑，一种天然的对应关系。

或许我可以用布鲁姆的"影响的焦虑"来解释这种现象的由来，因为某种对于优势的反对冲动，导致"北师大诗群"出现了某种奇怪的"集体无意识"。这种推论当然是个人的猜测性解释，缺乏学理上的依据。假如我们不用这样一种逻辑来设定，从另一个完全自足的角度来理解的话，那么"北师大诗群"的风格当然地应该是丰富和多面的。稍早于沈浩波的朵渔，还有与伊沙同期的桑克、宋小贤等，都可谓有自己独有的立场，晚近因为读博士而进入北师大的吕约，则更像是特立独行的个体。

其实，值得一说的还有批评和研究方面，假如果真存在一个"北师大诗群"的话，那么批评和研究也理所当然是其有机的部分。如前所述，北师大的批评传统前有鲁迅、钱玄同、钟敬文、李长之、黄药眠、童庆炳等先贤，中间则有任洪渊、蓝棣之在诗歌研究中的接力，再之后则有一批在诗学和批评界耕耘的中青年，这个阵容在中国所有的大学校园中也堪称独秀了。

至此，关于"北师大诗群"的话题似乎可以落定了。虽然作为后学和外来者，我并无资格在这里谈论历史和现今，但借了北师大国际写作中心成立之机，整理师大文学传统、开展校友作家研究，变成了一份置身其间者难以推卸的责任。秉此大意，我不得不勉为其难，做些事务性的工作，来设法梳理和"包装"一下由众多北京师范大学先贤所开创、由许多同代和同人所传承的诗歌脉系。

　　这便是该套"北师大诗群书系"诞生的缘由，虽说文章乃天下公器，无论是以个人、群体还是"单位"来窄化其意义都不足取，但以文化传承和流派共生的角度看，又是其来有自、有案可循的。况且，历史上很多流派和概念都是后人重新命名的，像"九叶诗人""朦胧诗派"都是先有创作后有名号的。即便"北师大诗群"不能算是一个严格意义上的流派，但在大学文化和脉系传承的意义上也算是一种有意义的集合。

　　我不想在这里全面地阐述这一诗群的文化及美学含义，自知力不能及。但假如稍加审度似也不难发现，由鲁迅作为源头的这一脉系，确有着创造与发现、突破与颠覆的精神暗线；在语言上，早先的隐晦与暗示，中间的玄学与转喻，还有后来的直白与冒犯，竟然可以构成奇怪的交叉与换位，且有着若隐若现、似有似无的传递关系，但同时，更为丰富的构造和自我分化也更体现了兼容并包的大学精神。且不论怎么变，他们在文化上天然的先锋与反抗、探求而崇尚自由真理的内在精神，似乎永远是一脉相系、绵绵不绝的。

这便是它存在的理由和需要重新梳理的意义。薪火相传，我们审视百年新诗的演变，也许它还可以提供一个范例、一个缩影。

"北师大诗群书系"的第一辑中，我们所选的四位诗人是穆木天、牛汉、郑敏、任洪渊。他们与北师大的交集有先有后，在新诗史上的地位也有差别，但之所以将他们作为第一辑推出，是因为首先要使这一概念"合法化"。虽然按成就、地位，他们谁都难以和鲁迅比肩，在北师大的名望和"资历"也同样如此，所以单立一辑的应该是鲁迅而不是别人，但因《野草》读者随处都是，遂不需重新编辑出版。从几位的年龄上说，生于1900年的穆木天早在 1971 年便已辞世；晚其一辈，生于 1923 年的牛汉则在 2013 年过世；稍长牛汉，于 1920 年出生的郑敏，如今仍健在，成为百年诗坛的又一见证人；至于 1937 年出生的任洪渊，又比牛汉小了十几岁，出于技术考虑，单列亦难，不得不将他放入第一辑。

因此，简单化处理或许是有理由的。不管怎么说，穆木天、郑敏、任洪渊三位都有在北师大执教数十年的履历，由他们组成第一辑，可为众多的后来者奠定脉系的根基。基于此，我们在第二辑中，拟将成长于 20 世纪 80 年代校园的伊沙、宋小贤、桑克、侯马、徐江置于一起，构成中间一代的景观。第三辑则仍呈现一个开放性的阵容，拟以更为晚近走出的朵渔、沈浩波、吕约等组成。同时，假如可能，我们还打算将活跃于当代诗学研究与诗歌批评领域的一批师大同人，如李怡、张柠、陈太胜等算作第四辑，将他们的理论批评文字也予以集中展示。另外，更重要的是，自 2015 年起，师大相继调入了著名诗人欧阳江河和西川，他们在诗歌写作和诗学建树方面均有广泛影响，他们长期服务于北师大，自然也应视为师大诗群的重要组成部分。因此，在适当时机，我们还要将他们也一起收纳进来。如此，几代人构成的谱系、创作与批评互补的格局，便大致可以显现出一个轮廓。

下决心写短序，但还是拉杂至此。这些话其实本应由北师大德尊望重的长辈，或者学养修为更高的同人来说，只是因为我冒昧充当了"北师大校友作家研究校级重大课题"的责任人，才不得不滥竽充数，写下如上文字。从研究者的私心说，希望借此机遇，将"北师大诗群"一说坐实，至少能够提供一个为研究者参考、为读者评说的读本，当然，如能引数十万计的北师大校友自豪，增益其认同之感，更足以欣慰了。唯望这个谱系的勾画是大致符合历史的，如有重要遗漏，那么罪责亦将无以推卸。

惶恐之至，谨以为序。

2016 年 1 月 22 日于北京师范大学

目 录

1

第一辑

大朵的花令人难过

我病了……
阳光
马兰
黄昏
飞鸟
……

我病了……

我病了，蹲厕所
水箱叮咚响
池水呜呜哭
水滴在瓷器上破碎

我病了，在病室里度过童年
那个指头相连的孩子
拽着我的病腿往下拉

我在病中

心中的灾难也紧紧相随
但只要母亲在身边
我可以不吃药，只是流泪

如今，我病了
温暖的药水也来到嘴边
那个陌生的胖胖的女人
她可以轻吻我发烧的额头
却不能尝到我的泪

我病了，在厕所里
这一次是水
把我的伤心轻轻抚慰

（1991 年）

阳光

今天这是怎么啦

阳光一早就来拜访

抚摩桌椅，探看

我酣睡的姿态

它久久地注视着书桌上的白纸

上面什么也没有

它好像深表遗憾

又像在责备

在任何时候都不能

停止歌唱，

我为自己偷懒而

深感内疚

它好像要原谅我

温暖地轻抚我的额头

（1992 年）

马 兰

马兰开花的时候

我泪流满面

悲伤啊，就像

初生的马兰草一样香甜

马兰花在北国开放

开在巨百合一般的

马蹄印章边

马兰花在岁月中开放

散发芳香，比我的心更苦

也走得更远

马兰开花的时候

我泪流满面

悲伤啊，就像今春

马兰草一样香甜

（1992 年）

黄昏

黄昏时人们匆匆忙忙
一切都短暂易逝
许多事赶着发生
赶着消失

就像电影的结尾
夕光还在天上缓缓
映出那些微暗的姓名

（1992 年）

飞鸟

我撩起窗帘看见冬天
站在淡蓝色远方
望着你　我苦难岁月的花朵
向我归来

在窗子的这边也不是我的家
我的家呵　在那遥远的岸边
它就像一株风中的芦苇
在雾霭升起的湖边摇曳
还有那只阳光里的飞鸟
永在流浪　永在远方

（1992 年）

火焰

──小银，多么美丽的火呵

火无疑是古老的
就像我们祖先的民歌一般久远

然而，在我的记忆中
在我们乡间
人们点灯或者炊饭
对于火从未有
一星半点的奢侈

常常是晚餐过后

一家人围坐在一盏油灯下
灯光如萤火一般昏暗

我留意过那些时刻
我们每个人的影子
像一尊尊巨佛
晃动在板壁和倾斜的屋顶上
无声地注视着
我们的苦难与欢乐

（1992 年）

图书馆

那么多的世纪的尸体

堆满每一个角落和

陈旧的书架　上面

覆盖着厚厚的尘土，这是

知识分子的合葬墓

那些不识字的人埋身何所?

黑色文字的空白之处

（1992 年）

生活

其实，厨房

和厕所

都是我们身体的

一个部分

厨房

是叶子和花

仰天承露

厕所则是我们深深的根

每天我们都这样度过：

由厨房上天

从厕所入地

我们努力维持着

物质的平衡

（1992 年）

墓碑

这一段日子

我感受到自己

像一块墓碑

要不，为什么

她一抱住我

就忍不住想哭

她从外边回来

像推开一座荒僻

墓地的栅门

扑进我的怀里

像扑在恋人的坟前

绝望而甜蜜地痛哭

滚烫的泪水

流淌在冰冷的石头上

沾湿了我的衣服和脸

（1992 年）

春夜

那些猫整夜
在院子里惨叫
它们具有
把爱的欢愉
化为悲伤的
神奇本领
抑或是它们的爱
本身就充满了悲伤

我真不知道
当有人向它们
默默抛掷石头的时候
它们该怎样猜
怎样想，以及
怎样恶毒地骂娘

（1993 年）

让人难过
大朵的花

傍晚时昏昏沉沉

可山后的林子里

盛开着火焰

那么鲜明

是绝对的火，静止的火

悄没声儿地

往上蹿，底下

是煨着火的满地绿茵

有小白花，小蓝花

可不知为什么

大朵的花竟让人难过

（1993 年）

18

木匠和诗人

木匠很少有闲暇

每天下午在门口

锯木声声

诗人坐在阴暗的屋子里

删掉一些废字

锯末纷纷落下

有时候，诗人出门散步

看见木匠的秃头在午后闪光

又像是在对它微笑

对一个埋头书案的人

这也构成一种风景

诗人时常为时间苦恼

抱怨自己不能像木匠一样快乐

钢笔总是默默地划过

而锯子却总在不停地唱歌

阳光好的时候，木匠

把木盆、木桶、食槽

桌椅和柜子都拿出来晾晒

诗人看着，赞叹着，心里欢喜：

也许不必苦恼，只需像木匠一样勤劳

（1994 年）

爱

假如我们的爱
仅仅停留在上半部
那他们会怎么说呢?
毛孩子的游戏
永远也没有结局?

如果我们的爱
转移到下半部
那他们又会说:还未曾
触及,灵魂深处

(1994 年)

一生

排着队出生，我行二，不被重视
排队上学堂，我六岁，不受欢迎
排队买米饭，看见打人
排队上完厕所，然后
按秩序就寝，唉
学生时代我就经历过多少事情

那一年我病重，医院不让进
我睡在走廊上
常常被噩梦惊醒
泪水排队走过黑夜

后来，恋爱了，恋人们
在江边站成一溜儿

排队等住房，排队领结婚证

在墙角久久地等啊等

日子排着队走过去

就像你穿旧的一条条小花衣裙

我的一生啊，就这样

迷失在队伍的烟尘里

还有所有的侮辱

排着队去受骗

被歹徒排队强奸

还没等明白过来

头发排着队白了

皱纹像波浪追赶着，喃喃着

有一天，所有的欢乐与悲伤

排着队　去远方

（1994 年）

盲
姑
娘

"哎——"是她
在寻找我们，
她在花丛中微笑，那么美
她怎么下楼来了？　外面
又是春光明媚，
阳光之中一片漆黑

她粲然一笑，看见了我们
她是——盲人
她一定爱上了我们中的一个

阳光下的人们都是盲人
春天里的人们都是盲人

(1994 年)

星星（一）

在寂静的夜里

我流着星星的泪水，并且

跟它们一样

因距离而苦恼

因想念远方的星星而哭泣

因为无法抵达那里而深深绝望

但比起星星的忧伤

我们这些小人物有更大的悲哀

我们本在一个星球上

却可怜地为距离而挣扎

痛苦不堪，这是些怎样的行星

上帝安排我们相遇，撞击

又让我们各自携带着心灵的碎片分开

从此消失在茫茫人海

（1994 年）

父
亲
的
来
信

1.

今日父亲来信
说妈妈很好，不必挂念
我读着，像沉着的地下党
不动声色，不过我也想啊

父母年事已高，天晓得
哪一天信来，信封上的字迹
跟以往不同，急急地拆开——
那时我是否还能够如此沉着

这样的日子已经不多了

父亲还能给儿子写几封信

他一生沉默寡言

信自然也写得少，从纸上

我看得出，他的钢笔水

时时干去，因为久不使用

而异常干涩，有时落下

一个大墨水团

从现在　也许我能够数得出

他的晚年，也就是

寥寥几封信吧，老父亲

留给儿子的最后声音

我的白发苍苍的老父亲

2.

每次父亲来信

不外那么几句，妈妈挺好

如何想我，以及如何

带孩子，等等，但我找遍

整页纸，都听不见

她的一点儿声音，这些

文字，我读得出，但它们

全不是她的声音

妈妈这一生，从不曾

提笔写字，在这几页纸上

她好像一个哑人

无可奈何地说着，笑着

但她的孩子什么也听不见

妈妈，不识字的妈妈

幼年时我曾在柜门上

写她的名字，她一下就认出来

眼里显出异样的喜悦

我还教她写过几个字
席子的"席"，饼干的"饼"
她用手指在掌上画着
神情就像小学生一样专心

但此刻啊，我只能
读着父亲的来信，妈妈
我的哑妈妈，给儿子画点儿什么吧
哪怕只是照着爸爸

画出我的姓名也成啊
那时，我就能够自豪地说
我的母亲，她不识字
但在她的一生中，也曾实实在在

给儿子写过一封信

(1994 年)

深夜

我批改作业直到
深夜，四下里
一片寂静
只有我翻动纸页的声响
和钢笔愤怒的嚓嚓声

我的窗口一定闪烁着
孩子们歌中唱过的
那样一盏昏黄的油灯
我的眼睛一定通红

但绝不是熬的

一年的心血又白费

想起刚才挥笔扣分

下手也狠！我会不会

像基洛夫一样被暗杀在

小小的阁楼顶？ 我在想

如果子弹划破夜空

我该怎么办……

这时，门吱的一声开了

风吹着脊背，就像刀子

我战战兢兢转过身——

1. 房东的女儿站在门口

平静地对我说："节约用电，关灯。"

2. 我的恋人站在门口

久久地望着我，泪光盈盈

（1994 年）

街道正对着窗子

一个胖女人走过

一个日子死去，没有泪

除开灰尘，我们的城市死去

没有人为它哭泣

我即将死去，没有人为我哭泣

因为人们即将死去，没有人

为自己哭泣，只有尘土

蹒跚着步履上街买菜

他们已经彼此考验了三十年

他们已经到了无须话语的年龄

他们生活着，仅靠着与这世界的默契

那还上街买菜干什么

想花掉走到墓地的力气？

（1995 年）

乘
闷
罐
车
回
家

腊月将尽

我整好行装，踏上旅程

乘闷罐车回家

跟随一支溃散已久的大军

平日里我也曾自言自语

这一回终于住进

铁皮屋顶

一米高处开着小窗

是小男孩办急事的地方

女孩呢，就只好发挥

忍耐的　天性

男男女女挤满一地

就好像

每个人心中都有位沙皇

就好像

他们正开往西伯利亚腹地

夜里，一百个

梦境挤满货舱

向上升腾

列车也仿佛轻快了许多

向雪国飞奔

我无法入睡

独自在窗前

把冬夜的星空和大地

仔细辨认

我知道，不久以前

一颗牛头也曾在此处

张望过，说不出的苦闷

此刻，它躺在谁家的厩栏里

把一生所见咀嚼回想？

寒冷的日子里

在我们祖国

人民更加善良

像牛群一样闷声不语

连哭也哭得没有声响

（1995 年）

阿巴阿巴

如今到了城里，
我仍时时怀念
那个哑巴师傅，
在我童年的世界里，
他可算是个特殊的人。
小理发师，长得很帅，
两颊修得光洁，
头发也理得很俊。
我老是疑惑：
他怎样替自己理发？

哑巴理发师
跟着老师傅
走村串户，也许
要轮上一年
才能到我家，母亲
备酒备饭，孩子们
也乐得满地打滚。

村里人一个个来，
一群群地来，
把那奇形怪状的头颅
交到哑巴师傅手中。
白布单围上脖颈，
你坐端正，
听候哑巴的摆布。
哑子在背后
很小心地咳嗽，
很文雅地咳嗽，

手指轻抚上来，

柔软，微冷

羊毛剪子咔嚓响，

其实像小兔子吃草，

细细地啃，小心地啃

一下一下啃得精细

好听，像一支歌，

一支哑巴哼出的歌。

拍拍肩，刷掉乱发

哑巴拿镜子晃你，

阿巴阿巴地问你，

满不满意？ 满不满意？

你伸出大拇哥儿，

他准保欢喜，

哑巴就喜欢大拇哥儿，

朝讨厌的人伸小指头。

总而言之，

一个哑巴

像一张白纸，
大伙儿都喜欢他。
他从没骂过人，
也就不招人骂，
也没人在背后
讲他的闲话。
他没脊梁骨，
他通体透明，
他被语言融化了……

到今天，大家
都还念他的好，
还说他要是能说话
就更好了，
准能娶上个好媳妇。

（1995 年）

万恶的旧社会

从旧社会过来的人

大都缺胳膊少腿

有的没了头

有的去了势

只有从子宫里来的人

完好无损

这就说明了

在万恶的旧社会

起码还有子宫是干净的
因此至今无人敢骂
万恶的旧子宫
这是公道的

问题是：从子宫里来的人
后来也都受了害
似此，我们也只好
一代一代骂下去：

在万恶的旧社会
…………

(1996 年)

微
风

微风可以使
马铃薯增产
微风可以使花儿
开得更加美丽

微风可以使人
心胸开朗

微风可以使
政治清明

当然，只要那些深深的宫殿里
能够吹得进微风

（1996 年）

美

这么美的时光，我把它消磨掉

就这样木然枯坐，我还

关了门窗，外面阳光很好

这么美的爱，我让她燃烧

我跟她厮守着，对视着

没有言语，她的笑

就像梦幻一样

这么好的纸张，我把它用完

这么好的妻子　我把她怎么了？

这么好的诗　我把它写完

这么好的生命　我把它怎么了？

(1996 年)

零的一生

风刚一起，

树就停了；

雨刚一下，

地就干了；

天刚一亮，

就又黑了；

我刚醒来，

就又睡了。

花刚一开，

就凋谢啦；

草刚变绿，

就枯萎啦；

歌声刚起，

就消失啦；

他刚出生，

就死去啦。

火车刚发出，

就到站了；

飞机刚起飞，

就着陆啦；

我刚出生，

就有些老啦；

我刚一开口，

声音就跑啦；

我刚穿上开裆裤，

它就小啦；

我刚上学堂，

大学就毕业啦。

我一出校门，
头发就全白啦；
我刚结婚，
转眼就离啦；
我刚参加工作，
就立马退休啦；
我刚想去哪儿，
哪儿就是哪儿！

我刚一下笔，
诗，就这样成啦！

（1997 年）

1958年

这一年，春季大旱
谁也挡不住
土地开裂，露出
干枯的肚肠

老鼠逃出米缸
庄稼颗粒无收
我们的好乡长
为了不让上级失望

连夜派人把耕地
先漆成草绿
再涂成金黄

（1997 年）

母亲

去年春节，我回到

家乡，在父母身边

度过了十天

短短几日，做不了什么

有那么几次

吃完晚饭

父亲他们开始打牌

母亲就坐在一旁

不声不响地看

她那么小，简直

像个小孩，规规矩矩

她不识字，也许根本

看不懂牌

我悄悄发现

母亲老啦

就在我离开的这几年

老得很快，简直

令人难以相信

那只有在高灯下

才显出皱纹的脸

几年过去啦

我在远处，此刻

我站立一旁，仔细端详

她的一生也在这个冬夜里

——闪现

她与世无争

却贫病一生

等孩子们一个个飞走了

命运早已为她画好

一张苍老而丑陋的脸

而她的苦难也还远没有完

母亲呵，有些话

我们永远都无法对你说，永远

而这就是这片土地教给我的

一个土生土长的中国人

所领悟和保有的生活经验

很久以前我就想说：

其实我多么爱你

（1998 年）

提
醒

我不能写作

不能写作

（我总是在心里这样提醒）

我一下笔

就是大作品

我不能说话

不能说话

我一开口

就会笑掉大牙

（我总是在心里这样提醒）

我不能动感情

不能动感情

（我总是在心里这样提醒）

我一动感情

就要惊天地　泣鬼神

我不能出去

不能出去

我一出去

就要走很远很远的路程

（我总是在心里这样提醒）

（1999 年）

头痛

我准备写一首
表现头痛的诗
主题是什么？
揭露暗藏的疾病
压迫群众？

目的呢？
有病呻吟
求医问药
缓解病痛？

那么，我的诗
就成了止痛剂
它能否为读者

解除痛苦？

关于诗的结构嘛
我想就三段吧

前后照应
一咏三叹
或遵医嘱
一日三次
每次三丸

我想我的诗
应该有点儿苦
让读者读过之后
心理上觉得满足

（写完想一想
头还是痛）

（1999 年）

胃功能强大

在北方的高速公路上
一卡车一卡车的湖南鸡，
江西牛和四川猪
运往广州

珠江三角洲
像个无底洞
把江南数省的鸡鸭牛猪
一口吞下

源源不断地吞下
不闭嘴巴
高速公路
就是它的肠子

它只管吞咽，吞咽
和着一团浓烟！
于是我们消化消化
胃功能强大

吃完鸡鸭怎么办？

那我们就
杀了汽车，像对付螃蟹
掀掉盖子
吃它们的油膏

（1999 年）

火星

我们围绕着一丛篝火

火堆中不断吐出火星

它们在风中跳跃飞旋

形成千万条金带　时灭时明

火星映红了张张面庞

我们也把身体贴得更近

周围是漫漫的长夜

竹林之外是呼呼的风声

火星啊火星
尽情地挥洒
当它飞向空中
就寂灭难寻
熊熊火焰终将熄灭
大伙儿却睡得昏昏沉沉

火星，时光，还有
注定要永逝的我们
这个夏夜过去之后
我们又将走向何地?

夜色沉沉
田野里是风
还有不远处的江流
压低的呜咽声

(1999 年)

解放黑奴宣言

我虽不才
但日积月累
也曾弄脏过不少纸张
写下千万诗行

并且按照顽劣的习性
把它们编成队伍
东倒西歪的条条杠杠
这些年跟随我
缩在柜子里

蛇爬鼠咬

苦也吃了不少

早已经不成人样

好在一切

都过去了

新的时代来临

一切都迎来了自由解放

下面，我宣布

所有的诗句听讲：

请你们按口令行事，

立正！

稍息！

全部解散！

(1999 年)

乡村理发师

"湾里有谁不会说话？"

在自行车上，我忽然发问。

"没有啊。"颖儿答。

"那同庆是谁？"

"哑巴！"

"那怎么讲？"

"嘿嘿，他不会说话。

就他一个不会说话！"

"他做什么？"

"剃头，理发。"

"现在还做吗？"

"做！我也找他理过。"

"多少钱？"

"一块五！"

"他理得怎样？"

"可好啦！

场里那些就不行，

都是剪几下，完了，两块五！

可同庆剪得细心，

漂漂亮亮，一块五！

街上那些师傅都没他行！

他老是一块五！"

"他为什么剪得好？"

"他先用电剪细细理一遍，

然后再用手剪重新整一遍，

干干净净，漂漂亮亮，

收一块五！"

"好，改天咱俩一起
去他那儿理发，行吗？"
"好啊！"

没想到那天还真遇见同庆，
就在小学旁边的路口，
他似乎还认得我，老远
就朝我微笑，然后同我握手，
我则朝他伸大拇哥儿。

（1999 年）

归
宿

事情已经过去十多天，该怎么办？

还是这样一天天哭下去？

真不知道该怎样对待她！

当初她也曾经把我的照片撕碎了又粘起来，

还在背面写上这么一句："该怎样待你？"

这么说，原谅她吧，我们俩只是打了个平手！

一切都会过去，在道路的尽头，

所有的视线，所有的树木

都将要归于一处。

那就是人生的平淡与和解

是我们心中全部情感的最终归宿！

(1999 年)

天安门

有一个重要会议
地点就在天安门
广场上的汽车
也在开会，商讨

重要问题，凯迪拉克
西装笔挺，德高望重
主持会议，挥一面
三角小旗。 奔驰

皮鞋锃亮，奥迪
在一旁假装斯文
皇冠胖了一些，桑塔纳
日见消瘦，文静

这些人高雅地交谈

喝汤也喝得没有声音

红旗来得最晚

但会场上早已没有它的位置

它轻咳一声，打破寂静

大家冷冷地回头

亮了亮屁股灯，无人

应声，红旗在后排

踱了几步，想找回

往日的威信，但不知

从何说起，它

连咳几声，掩饰尴尬

然后背着手远去

远去……缓缓地穿过

广场上的人群

（1999 年）

第二辑

修表人

散步

我在散步的时候

遇见了一群　树

他们一定在议论什么

一聊起来就没完没了

站在那里就挪不开步子

我走到他们中间

他们就都不作声了

我只好没趣地走开

走了很远，回头看看他们

依然没有要走的意思

天色已经暗下来了

（2001 年）

外婆（一）

八十七岁的外婆
从医院回来了
死神还不想收她
把她挡在了
地狱的门口

门外　就是
人潮涌动的
天河路
一辆白色小车
把她载走

回到亲人
和孩子们中间
她是幸福的

在通往死亡的路上
她也始终是个新手
怯生生地
渴盼指引

早晨，天气凉下来
寒流的先兆
我又在院子里
看到她
扶着栅栏
跟人说话

她回过头来
一声惊讶
干干净净的外婆
我发现她
已经穿上了
死神发给的崭新衣服

（2000 年）

小
溪

我喜爱小小的水流
喜欢看它自脚下的沟渠
欢快流去的姿影
喜欢听见它
在越过障碍时的那种
轻快的哼唱声

再见吧，我的
奔腾不息的小溪
这一刻分别后
我将去哪里找你？

(2000 年)

明亮的眼睛

我见过

雨儿的眼睛

那么清澈

那么洁净

一丝儿灰尘

都没有

一丝儿惊慌

都没有

一丝儿狡黠

都没有

…………

夜里　坐自行车回家
雨儿在妈妈怀里
小手抱紧妈妈的身体：
妈妈，我保护你
我还　给你照路……

这时，妈妈就能看得清楚
可是，雨儿没有手电筒
在黑暗中，他的眼睛
睁得大大的，照亮
城郊的荷田和房屋

（2000 年）

76

上吊的绳子

为了把

吊在房梁上的

望爹

火速

救下来

盼叔

举起了

砍刀——

"我的绳子——"

有个女声大叫起来，

"我系牛的绳子！"

（2000 年）

诗歌与什么有关

早晨，猛然从梦中

惊醒

抬身一看表

离上班只有

十分钟

好险！

但当我闭上眼睛

还清晰地记得起

梦中的情景

五个似曾相识的少女
手挽着手
从我眼前走过去

她们分明是去采野韭
可是，周围是些
华丽的房屋，看来
即使是在梦里
我也没忘记提醒自己
这是城市
这是城市

现在，我在想
城市与少女
究竟是什么关系？
她们是城市的情人，抑或
城市是她们的二公？

（2000 年）

星星（二）

傍晚时不慌不忙

几个人说着话

往五山方向走

忽然发现，已经

有一颗星星

悄悄嵌在相思树树冠之上

我用食指

点了它一下

好像在说"一"

好像在说"你"

星星如一枚按钮

退缩了一下

奇怪，我为什么不用

两个指头？ 我只能

用一个指头点它

两个指头夹它

伸出手掌抓它

握个拳头砸它……

但我喜爱星星

洁净而又美丽

我甚至不能容忍自己

把它戏弄

如果天上有两颗星星

我也只好用食指

分别指一下

（2000 年）

稻草

下午在保龄球馆
我的球道坏了
她发现了我
在小姐面前的僵硬

她举起一只八磅的球
口中小声嘟囔一句：
  "要你去追女孩真是很难……"
  "什么？"我问。
  "你听见我说的话了吗？"

我点点头，心里

也不否认，当然

她并不知道我的狡猾

但是，她也无从知晓

我把每个

来到我身边的女孩

都当成了救命的稻草

（2000 年）

寂静的夜晚

夜深了，我一个人

在马路上走

刚刚下过雨

天已经晴了

头顶上有闪烁的星星

楼群间有回旋往复的风

我想着一些人和事

试着去解那些

解不开的结

六楼的灯光仍然明亮

我想起萧姨的一句谶语

想起她的匆匆离去

也许真的与灯光不吉利的颜色有关

她曾经给我小小的帮助

我每次见到她

都送上真诚的问候

她也总是慈爱地看着我

但是在她最后的日子里

我没有前去相送

我害怕生离死别

而且怀疑，送一朵花

一声问候，以及

所有这些仪式

究竟有什么用

你看，我是一个

不值得交往的人

对于一个善良的人

最终我都没能向她

表达　我的热忱

我常常想，一个人活着，

到底需要些什么

我只是在心里念叨着

有时又无力地写上几句

（2000 年）

诗意的纸币

前天，妹妹到大学里

卖书，碰见一位姑娘

中文系在读

"我只爱小说

诗歌有什么用?

况且，现在早已不是

诗情画意的年代了。"

傍晚时妹妹回来

把大学生的妙语

学给我听

我笑起来，渐渐就有了
打油的气氛
脑海里轰地冒出一句：
"中文系的旗帜飘啊
两个女生在读钞票啊……"

这些话现在读起来
酸溜溜的，我不知道这样
是不是报复
你看，我是一个
对自己心怀警惕的人

(2000 年)

预言

我不是
一个预言家
但是
在热恋的时候
我曾对我的恋人说：
有一天
你会忘了
我们的恩爱
有一天
你会翻脸
不认人……

我是一个
害怕未来的人
所以，我为它
准备了
一些预防针

做一个预言家
是意外的
做一个预言家
是悲伤的

（2000 年）

生活的构成

生活的构成

是一个人

在无限的空间里

有限地行动

她抽烟

吐出烟雾

她用火红的烟头

去点　剩下的

半盒火柴

她把盆景植物的

叶子片片摘去

再把细杆

拧断

她听电话录音

把杯子推到

桌子尽头

听"乓"的一声

…………

所有这些

都只是她

生活的一个部分

生活的整体

就是……承受

(2000 年)

星空下的幽灵

夜深了，我从外面回来

寂静的夜空中有许多星星

在闪烁，我又看见了

三连星，还有那把倚靠

在银河岸边的大勺子

那是牛郎挑着他的一双儿女

而他的妻子被阻止在对岸

我想着我永逝的朋友

想着世事的迅速变更

昨天相爱的人，转眼变成陌路

想着在缺医少药的乡间

呻吟着的母亲，还有

身患绝症的同事……

我们都将不久于人世

善良的人们能够在天上相遇吗？

人生多么无常啊

今夜，我觉得自己

就像一个幽灵

在沉睡的人世间默默穿行

我对这里不抱感情

我要冷静地穿越它

人们都睡了，尽管

有的窗口还微放光明

没有一个人看见我

我也看不见这个世界的主人

迎面走来的陌生人

也是一个幽灵吗？

我们擦身而过

谁都没有出声……

（2000 年）

空间

夜里，在后山

废弃的操场

仍然是一个

寂寞的地方

我喜欢这样的所在

但是我并不希望

还有跟我一样的人

借着华南快速干线

微弱的灯光

我看见对面

有一个白色的影子
他也一定发现了我
他没有咳嗽
我也默不作声
两个孤独者
不仅是孤独的
而且，是敌意的
我尽量绕开他
并且深怀厌恶
我要求黑夜
一女不事二夫
我把他看成一个
侵略者，一个跟我
平分秋色的人
只有在他走后
我才松了一口气
并且对着天空
高歌了一曲

（2000 年）

沉
默
的
人

街上的人
在亲切交谈
两两成对
或者三五成群
街上的人们
在亲切交谈

我总是想
加入
他们中间

为什么他们
有那么多的话要说呢？

（2001 年）

喇叭花

它先在我窗栅上牵线
过几天
就在那里安上了喇叭

有好几只呢
小小的紫色的喇叭
像是要对我宣传政策：
放下武器，缴枪不杀！

（2001 年）

98

母亲的嫁妆

母亲一辈子
都在晒她的嫁妆

在腊月
闪闪发光的绣饰品
摆满架上的竹席

母亲抚摸着绣上的花儿
嗅着箱子里带出来的樟脑味儿

母亲一辈子都在
晒她的嫁妆

哦，对一切旧物
依依不舍的人
多么像我

我一辈子
都在念叨
我的母亲

（2001 年）

静夜思

过去的时光令人难忘
每一桩往事都卧病在床
醒着，睁大眼睛，忍受疼痛
被遗弃的旧书包倚在院墙边
像一只小灰鼠躺在地上
驮不动悲伤

没有悲喜，没有笑泪
没有雨水，没有星光
漠漠天宇，几点灯火
仿佛拥护我的都已
打好行装，守在路旁

但我依然不敢发号施令

怕属于我的这一切

骤然消失，变成虚无

一支竹笛细密绵长

带我回到童年梦乡

奶奶在路上捡撒落的麦粒

我光着脚掌从麦茬上跑过

我的那些黄泥坦克呢

是否开进了，我输了，失去课桌

割地赔款，我的编年史……不长

来吧，太阳，熄灭我

来吧，黑夜，注入我

然后你会发现，我比你

黑暗几万倍，却比十个太阳还要热烈明亮

（2001 年）

在
海
鲜
城

在海鲜城，这是
多么熟悉的情景
老胡，小张和我们
但是，小林在哪里？
我在心中给他
摆下了一副杯盘

但是，他坐不住了
他有气无力
我端起酒杯

我说——干杯!
然后,一饮而尽

他的身子底下
就聚起了一汪水

但是,他一言不发
几乎从椅子上歪下去
老胡说:你今天的表现不行
然后就递给他一根红河

不一会儿
他的身子底下
就散落了一地灰尘

两年前的今天
他就已经没有几天了

(2001 年)

钥
匙

走到故宫的
大门口
他下意识地
摸出了
家里的钥匙

（2001 年）

闹
钟

她用买闹钟的钱
买回了一只公鸡

顺带几斤小麦
就算是电池吧

（2001 年）

月光症

一个人病了

他得的是月光症

在有月亮的夜晚

他就发病

独自在月光下　哀鸣

这病多美啊

我都有点跃跃欲试了

（2001 年）

布告

在县法院门口
有一个大布告栏
久违了，我停下来
把所有的布告
仔细研究了一遍
开始只有我一个人
后来又有人加入
我就不看了

有谋财害命的、吸毒的、强奸的

我看见十个黑体字

印刷的名字

已被押赴刑场

执行枪决，最小的

生于 1980 年

布告是去年 8 月贴的

还很新，他们的尸体

尚未腐烂

就要在泥土里

过新年了

（2001 年）

一生的事业

一个农民
一生只有一件事

结婚就是他
最大的事业
生儿育女次之

然后就是劳动
糊口、吃饱
睡好、熬日子

产床、婚床、墓床
前村住腻迁后庄

(2001 年)

控诉

母亲在厨房
煮饭
浓烟灌了
整屋
柴火不干
老下雨

我开始咳嗽
父亲和哥哥也
在咳嗽
就像在控诉浓烟的制造者

可母亲在厨房里
像个灭火队员
被浓烟包围

（2001 年）

修表人

坐在玻璃围子里
戴高倍的眼镜

世上少有这样的人
他靠恢复时间
来打发时光，顺便
延长自己的生命

（2001 年）

广　场

在死亡夺走那么多人之后
广场似乎更辽阔，更庄严
甚至更干净了

每年某时
他们把充气的衣服
摆满广场
让鬼魂晒晒太阳

（2001 年）

夜莺

这一天，我忽然

觉得自己颇像

一只夜莺，我知道

这容易引起误会

我不敢自比大自然的歌手

是因为布封告诉我

夜莺生性胆小

即使遇见弱小的同类

也常常躲避

它只在树林的最茂密处歌唱

喜欢人迹稀少的夜晚和清晨

这简直跟我太像了
我天性怕人
在路上与人相遇
对我，是一件难堪的事
所以，我也喜欢黑夜
和人迹罕至的地方

奇怪，如果不是
因为胆小，那么
我跟夜莺之间
还有何相似之处？

（2002 年）

转
场

秋天到了
巴特尔要把羊群
转移到达莱湖的边上
才能够找到足够的水草

但是，他和他的羊儿们
都没有达莱地区的户口
他们就只好饿死

而达莱湖区
没有羊群
那里的羊
因为去冬没有及时转场
全都冻死了

（2002 年）

从半岁起，苗苗

就开始牙牙学语

她说的是外语

我听不懂

她的妈妈也不懂

但她乐此不疲

喋喋不休

听母亲说，我小的时候也这样

可是，现在，大家都知道

我是一个寡言少语的人

为什么学会说话后反倒没有话了？

语言会把人变成哑巴吗？

据我所知，有不少人积攒了一肚子的话儿

却像一只无人采摘的闷葫芦

坚持憋在肚子里

一辈子都没能说出来

他们把那些话带进了棺材

在阎王那里得到了重用

（2002 年）

孕妇的裙子

孕妇的围裙上
沾满了面包屑、
线头儿、蜂蜜
牛奶、西瓜汁
还有爽身粉的香气

总之，真是一个
温情的所在

这样多好
孩子们来的时候
什么也不会缺

（2002 年）

诗人与运泥车

大诗人在小镇的街头

与运泥车相遇

运泥车，庞然大物也

仇人相见，分外眼红

运泥车从不会主动

给人让路

这不是它的习惯

大诗人从来也不会

给小诗人让路

这是社会的习俗

诗人可是百里挑一的好诗人啊
运泥车也是呱呱叫的韩国车啊
可是，任你诗歌写得再好
也不能拿运泥车怎么样

现在，在运泥车下面
骑自行车的诗人
像一只过街小老鼠
他几乎是在哀求着
躲在驾驶室里的家伙
好歹给这具肉体
留下一条生路

(2002 年)

川木匠与小媳妇

在傍晚的尘雾中
到马路对面收衣服的少妇
碰见了肩扛锯子的小伙子
这是家具厂收工回家的四川木匠

抱衣服的少妇回头
看了一眼小师傅
天已经暗下来
木匠似乎没有注意

我猜她一定想起了床

木匠是打床的

而少妇是铺床的

黄昏也让人想起床铺

小木匠离家已大半年了

（2002 年）

年夜饭

吃年饭咯

吃年饭咯

还没有吃到嘴里

孩子们都在嚷嚷

牛的年饭

还是草

一捆金黄整齐的

稻草

(2002 年)

资　格

奋斗了一辈子
他从秘书处
退下来时
挣得了一张
火化优待证

顺序嘛
排在处长之前

（2002 年）

蚂
蚁

扛啊，拽啊，推啊
蚂蚁每天
运回一小粒食物
蚂蚁积攒了一个春夏
却被一只老鼠
一口就吃光了去

这　可能吗？

吃饱了的老鼠

又被一只母猫

叼走了

周伦佑说：杨黎这一辈子

就吃罗布-格里耶

而另一个人

吃杨黎吃了一辈子

（2002 年）

肖
邦

大雨之夜

老刘的太空车

不翼而飞

整整一个月

他愁眉苦脸

（他还在心里听音乐吗）

后来，等缓过劲儿来

他告诉我

他最心疼的

还是汽车 CD 机里

那几张盗版肖邦

（2002 年）

小引的武汉

晚上我到武汉的时候

天空灰蒙蒙，阴惨惨

我一个人，扛着一只

军用旅行包

诅咒着地下出站口内

移动迟缓的人群

打电话给小引

他正出席一个朋友的婚礼

我逃出恐怖的火车站

坐在一辆破烂不堪的小货车里

路面破碎，街区衰败

看不出一丝结婚的迹象

我对武汉的印象糟糕透了

在这座楚国大都城里

我运气不佳

从来没有遇见过一个好人

我在去江夏的途中被搜身检查

我把在长沙火车站挨抢的事情

也一股脑儿算在了它的账上

但，我的朋友小引

就出生在本城

他已在此浸淫多年

后来我方知道

他祖籍安徽

谢天谢地

小引也没能够改变

我对武汉的印象

（2002 年）

外婆(二)

闭上眼睛，我就想起

我的孩子，她的年龄

正好两天半

在我的怀抱中

待过不足三刻钟

但那小小无助的容颜

已深深地刻印在我脑海中

这是我的骨肉

她多么可怜，多么需要

我的帮助

仅仅两天

外婆就夸奖孩子

说她越来越乖了

但是就在今天，她还在为

小家伙心脏的些许杂音

和过量的黄疸而默默流泪

狼外婆啊狼外婆

哪里来的那么多泪水

（2002 年）

他们在饭锅里相互下毒

在中国乡下，有一个
快乐的老汉，他有两个儿子
老大像他一样幽默
是一个出色的农夫
老二像他老伴一样沉默
却是一个不错的猎人

老大的媳妇短命
老二的媳妇唠叨
他们总算各有一个儿子
把命不该绝的香火继承

一转眼就是一代
两个孙子各自娶亲
大船出门打工，在外面

花光了挣来的银子
二船在家打牌，在家里
气走了年轻的媳妇

日子就这样流逝
村子依旧太平
后来，二船拿刀子
砍开了他爸爸的脸
而二媳妇在老大家的
菜汤里下毒
总算发现得及时
不曾夺走半条人命

所有这些，都是些
小麻雀一般的人物
所有这些，都是些
鸡毛蒜皮的事儿

如果你还想认识他们
我就带你去寻找他们

（2003 年）

没有一天不需要兴奋剂

真应该天天开会

让身体保持兴奋

让心理保持兴奋

第一天，牛奶新鲜

嘴巴上的干劲也是新鲜的

真应该把第一天

储存起来

冰冻，雪藏起来

这样才能保证

我们的精神

不变味儿

话语如牛乳一般新鲜

这样，大熊猫才不会

蜕变为狗熊

真应该

把我们说过的话儿

雪藏起来

把我们说过大话的嘴巴

把我们因为开会而兴奋起来的身体

把我们因为鼓掌而兴奋起来的手

雪藏起来

即使冻死了

尸体也是新鲜的

不容易变质

（2003 年）

鸡与玫瑰

谁会送玫瑰给一只鸡呢？

谁会把玫瑰送给一只母鸡呢？

简直太浪漫了，简直

太高雅了

下班途中

路过菜市场

看见一只母鸡

被人捆绑着

蹲在地上，它的身后

是一片血红的

玫瑰花瓣（是卖花姑娘剩下的），像是

她刚被摘下的羽毛，更像她

汩汩流淌的经血

我该怎么说呢？

我该怎么写呢？

花瓣在地上平静地铺开

刚好可以做女儿的花床

但是，小母鸡在玫瑰花瓣上拉屎

还拿爪子在地上刨啊，刨啊

刨出个浅浅的泥坑

狗改不了吃屎

它居然在上面摆出了

孵小鸡的架势

玫瑰啊玫瑰，它对玫瑰不屑一顾

（2003 年）

虚幻的世界

我在街上拍摄的汽车
只剩下虚幻的影子

但它可以把人
压成肉饼

它是怎样从无到有
又从有到无的呢?

秦砖汉瓦今何在?
我们挖开十几米深的泥层
找到了锈蚀的铜车
和马的骨架

(2003 年)

手

从早至晚
我一遍又一遍地
洗我的手

但总也洗不去
上面的污秽

我想把双手洗干净
不为什么
我只想让它们俩
干干净净地
待在我身上

只要我活着
就要让它们干干净净的

(2003 年)

正确答案

一辆蓝色的车走过去
后面是铁丝网的箱子

小男孩指给妈妈看
——妈妈，法院
妈妈说，这是囚车

孩子又问：是"非法"的"法"吗？
妈妈答：不对
应该是"法律"的"法"

（2003 年）

爱

也许他们必须
分开一辈子

才能够
再度相爱

（2003 年）

马
路

我骑自行车
狂奔，路上
行人很慢

密密麻麻的人群
我必须穿过去

根据以往的经验
我一点也不慌张
因为我知道：
不管多么密集的人群
等我走近了
人群就会渐渐分开

（2003 年）

我写下头发，写下文字

午后的阳光里

我在路边剪头发

我的头发

乱纷纷落下

没有人收割

这不结实的庄稼

这不耐火的荒草

我埋头注视

胸前散落黑发

似乎许多"A"字、"E"字

怪异的字体

再细看则全是汉字

有丰收的"丰"字

"举"字少了一点

"街"字缺了小半边

还有"之"字、"大"字

头发就这样向我告别

写下一片凌乱的文字

（2003 年）

伤
感

无论多么娇气的孩子
无论多么可爱的笑容
都将变成泥土
这是脑海中跳出的精灵
当我停下来
它就会胡思乱想
用恐怖的设想把我提醒

如果我总是这样伤感
叫她们怎么活下去

（2003 年）

一片花

花市马路堵塞
街上挤满看花人

文弱瘦小的父亲
骑一部旧自行车
把今年的金橘树
驮回家去

多么小的一盆金橘啊
多么不起眼的小个子父亲啊

可是，家里
有好几个人
像盼星星一样
在盼望着他

(2003 年)

老汉与垃圾场

要问那老汉

长得什么样儿

不知道

我上班的时候，他在垃圾场

左侧，坐在马路牙子上

等我下班的时候

老头就在垃圾堆中了

（2003 年）

沉
默

孩子们坐火车

到外婆家去了

我一个人回来

天黑时到家

开门，开灯，小心谨慎

依次检查每一个房间

厨房，厕所

把所有的灯全都点亮

然后战战兢兢

打开衣柜，屋子里空空荡荡

没有人

总算松了一口气

但是，心依然悬在半空

我想，我该弄点吃的

我做面条，然后吃光它

我打开热水器洗澡

这些都在平克·弗洛伊德的

伴奏声中做完

然后，打开书本

我就困了，歪倒在床上

呼呼睡去

第二天，还是这样

整整一天

我没有说过一句话

（2003 年）

沉默的羔羊（一）

去年冬天出生的小白羊
被严冬冻坏了三只蹄子

它跟不上羊群
跟我十岁时一样
无法跟伙伴们一起
在户外玩耍

它只好待在院子里
孤孤单单地

守着一堆干草和灰土
它再也见不到草原了

因为它的腿
永远也好不了啦

在看星星的夜里
我叫它一声：宝贝——
它就跳到我的身上来
什么也不顾

（2003 年）

海滩

一大早，他们就在海边拉网

我和刀刀想去看

他们的收获

但是他们干得很慢

他们七八个人一组

抓住网绳

成了一条绳子上的蚂蚱

他们身体很黑，干瘦

因为老是弯腰向着大海

有的还佝偻着

他们面朝大海
缓缓往后退
（我猜他们不敢拿屁股对着大海）
他们不苟言笑
生怕得罪了大海

有游客走近，他们也不说话
默默地往后退
不急不忙地，一天也就收两次网
他们并不急于收获
着急的是我们这些过客

一辈子守着大海
他们并不愁苦
少则几条鱼，多则上百条
他们把小的还给大海
每一网就都不会落空

（2004 年）

羊哥

昨天下了班又有聚会

我很晚才回家

今天早晨阳光明亮

我到阳台上打扫灰尘

看到空调机下面的那只木箱

忽然想起羊哥

昨天上午他还在我这里

他从九江回深圳

路过我家（我怎么忘了他来过了？）

我已经有一年多没见过他了

嫂子在河埠头做点小生意
三个孩子星散各地
晚上散步时，他感叹
这样的日子哪天是个尽头呢？

我说，能停吗？
他说，不能停
而且还不能走下坡路
那什么时候到顶点？
得等到老三毕业

我扳了几下指头
一切顺利的话，还要五年

（2004 年）

水鬼

那天我们来到公园的池塘边
发现有只水泥凳子栽倒在浅水中
与以往不同，那天没有人游泳
孩子们用来跳水的树上安安静静
也没有小鸟

而岸边多了块标语牌
禁止玩水，后果自负
往前走，同样的牌子还有好几块
有的是红字，有的是黑字

都很骇人

后来，我看见水边有残香
我就说，也许有人出事了
大家心里都有点害怕
走开了。 我的心很细
留心着任何一点蛛丝马迹
离池塘很远
遇见带孩子的奶奶
一问，果然，几天前
有个游泳的男孩子淹死了
据说，是在这里做生意的外乡人
已经是秋天了，本不该再游水
终于出事了，可是明白已晚

尽管事情已经过去几天
但消息仍然在岸上传播着
传到那些不知情者的耳中

已经没有人敢于下水游泳

他们怕鬼，怕淹死人的水

裹住他们的身体

却有老头在那里钓鱼

他就不怕鬼咬钩吗

我想起夏天里那些跳水的孩子

都没有什么印象

只记得他们在水里挣扎的样子

很可笑，也很快乐

却不知道厄运已经临到了谁

我在路边牙道上见到一行黑色的小字

我走了，请你们不要再找我

署名王爽爽，我疑心这与那孩子有关

但也许，只是个老套的玩笑

（2004 年）

仿佛

小麻拉病了
老是哭，她还不会说话
我无从知道
她哪里不舒服
她拉着我的手
指指大门，我就知道
她要我带她下楼去

我把她抱起来
她就紧紧地贴在我胸口

这小小的生命，生病时
更加依恋父母
我想着，我要对得起她的信任
在这广大的世上
她还不相信别人

到了楼下，她还是哭
我轻拍她的背
口中唤着我的宝贝

她这么小，我不想让她
受一丁点儿委屈
我想带她去寻找欢乐
却迈不开步子

我抱着她，屡次想哭
一连几天，我们在疾病的包围中
病菌在 6 个人中相互传播
咳嗽使人呼吸困难

可是我最不忍心看的是

小家伙吃药受苦

这生命来之不易

小麻拉来了

仿佛正是我喜欢的孩子

仿佛正是我期盼的样子

（2004 年）

悲喜之间

上午，小喜向我报丧
她的母亲于昨晚辞世
可怜的老人　我劝她节哀

晚上，小林向我报喜
她的高考成绩不俗
上了大本
我没有劝她节喜

就这样

每一天，我都在别人的悲喜之间
摇摆着，挣扎着

想起来有点哭笑不得
我本想说，都忘了吧
可那件伤心的事
还是刻进了记忆里

（2004 年）

甜头

我从车窗
吐出一粒糖
落到忙碌焦枯的街道上

广州大道承载了我多年
今天终于尝到了甜头

（2004 年）

一个比喻

我忽然觉得自己
像一根带线的针

我在织物的缝隙里自由自在地
穿啊穿啊穿啊穿啊
仿佛那是没有止境的

却忘了屁股上的线
是要到头的
那时一只手就会拿起剪刀
咔嚓——

(2004 年)

恋人与树

在草地上
我找了一棵树
准备在树下躺着
一对恋人走过

男的说：正好两棵树
你一棵，我一棵……

我看了一下四周
显然包含我的这棵
我摸索着这棵树
禁不住为每一根枝条上
叶子的排列之美折服

（2004 年）

在梦中

小麻拉睡得昏天黑地

爸爸和大草小抄饮酒深夜回来

她一无所知

这多么可怜

我亲她热乎乎的小手

一夜之间，我发现她的手长大了一些

她轻轻地抓握

仍浑然不觉

我亲她的小脸蛋

她的眼睑迅速地跳动了一下

我把她的小嘴巴合上

让她用鼻子呼吸

她不知道，甚至

我抛下她不管

她也不会知道

可怜的小家伙，她睡得多熟

孤孤单单　在自己的梦中

谁也帮不了她

她得自个儿醒来

"哇"的一声，然后才能被

揽入怀中，再次获得

父母之爱

（2004 年）

夏天的回忆

仅仅三个月前
小麻拉在电话里
是这样叫我的
"爸——爸——"
带着很长的拖音

我觉得那种声音
是带着比较强烈的感情的
有一次，她只叫了一声
就哭得说不出话来
（那时她还不会说别的话）

现在，她叫我
就像叫一个普普通通的名词了
这真让人受不了

（2004 年）

老班长

那年在北京

我的老班长热情地接待我

他看我活得拘谨，就启发我说：

你说吧，你想做什么

我都可以为你做到

在北京，没有我办不成的事儿

我含笑，沉吟不语

我觉得他太小瞧我了

他以为

人的一切愿望，他已经都知道了

（2004 年）

立
冬

立冬前两天
村子东头
同华家的桃花开了
这是什么兆头呢
村子里的人都在猜想

湾里的老人都死光了啊
妈妈说
（我也糊涂
为什么一有异象
妈妈和我想的都是不吉利的事呢？）

整整一代人都已经凋零
如今，父母已是出头的椽子
上面失去了遮盖

（2005 年）

粮　食

看守粮仓的汉子
被玉米压垮
这是我第一次听说
粮食要了人的命

他应该从不缺粮食
他每天的工作，就是守着粮食
下班回家
他不忘给女儿
买一样好吃的东西

他不把仓里的粮食
放在眼里
玉米忽然垮下来
埋住了他强壮的身子

（2005 年）

鸟
岛

秋天，鸟岛上的鸟
都死光了

但是，鸟儿们封锁了
消息，直到冬天
它们出版了一张雪花的报纸
上面印满
鸟类的脚印

这年冬天
人们开始了对禽类的大屠杀

（2005 年）

幻影

早晨，孩子们
来到我的床前
把我唤醒

我说：都去穿拖鞋吧
他们就都走了
房间里顿时空了
生活就像幻影

孩子们在各处游荡

像一条条小鱼

我回忆起孩子们的一些片段

就像在看鱼缸里的鱼

它们总是那样悠闲地游着

像一根根水草

保持着漂动的形状

（2005 年）

河马思想家

赤道附近没有作家
但有个聪明人
每天把自己泡在水中
像河马一样

在一条小溪的冲刷下
他成了唯一一个热带思想家

不过，我觉得
他泡在水里思考的样子
多么像一匹河马呀

（2005 年）

风
筝

小麻拉终于有了风筝
夜里，她就拿出来玩
要爸爸带她出去放飞
我说，可是，没有风啊
她指指电风扇说，这里不是有风吗

看来，关于风的问题
小家伙早就研究过了

(2005 年)

站台

在哈尔滨火车站站台上

桑克夫妇迟迟不肯离去

这是他们的传统

他们每次送客人都等火车开动

然后还要跟着跑几步

直到再也看不见

看着他们期待时间快跑、盼望着分离的眼神

我很难过

奇怪，站台上的人总是无话可说

有也是些无关紧要的话

她终于想出一句关键的话来：

下个冬天再来一次，就行了

我诧异着，什么叫"就行了"？

顺着她的话一想就明白了

一辈子就这样了，我只能两次踏进哈尔滨

（2005 年）

黑暗中的燕子

在仙游的那夜

在金霖妹妹家的阳台上

我们忽然看见

前面电线上站着一溜燕子……

它们就那样在电线上

进入睡眠

翅膀托着它们的梦

燕子没有家

没有一只燕子

夜不归宿

它们睡得很安静
也很警醒
像枕戈待旦的战士
时常会因为失重
而欠一下身子
整一下衣甲

我想，当它们真的睡着了
会掉下去吗
掉到半空也会醒过来
然后像战斗机一样
重新立起

（天亮时，我们又看到
那根电线
光秃秃的
电线下面的地上

留下了一条鸟粪的长线）

第二天，我们就离开了仙游
我们是去金霖家
看他那位老年丧子的母亲

（2005 年）

墙壁上的字

在石头上刻字的人
是认真的
他并不想把自己的丑字
传给后世
所以，他用力地写
最美的字体
这很费力，他刻得很慢
以时间换未来
是值得的
他要用 30 年的生命

换来后人千年的惊叹和景仰

但有时，他的笔赶不上他的思想
他渐渐加快速度
笔下生风
有时，他的字
从石头上飞出去

最近，我也开始在墙上写字
用铅笔记下几句经文
我还没有想要让它们流传
（虽然这是最值得流传的）
因为……实在难以启齿　我　我
我还没有房产证
而且，墙壁的使用年限最多只有 70 年

更重要的是，我的墙皮很薄
轻轻一刮，字就会掉下来
所以，我写得比较快

我对待文字的态度

不够严肃，我没有写出我最美的字

而且，还不够专心

在写字的过程中

我想起了那些在石头上刻字的古人

他们的心情与我不同

（2005 年）

锅盖

多年以前
她每次来看我
都会把我的锅盖
擦得锃亮
如今，还是这只锅盖
裹在油污里
面目全非

那时她爱我
她希望我的锅盖也是圣洁的

如今，我们都在沙子里
往下陷

（2005 年）

矫情与爱

画是不能讨的
要画家主动提出送给你
这是礼貌

男人对女人说
"给我生个宝宝吧"
是矫情的

女人对男人说
"真想为你生一个宝宝"
这就是爱

(2005 年)

当你小了

我一进家门
小麻拉就向我显摆
她的新衣服

是我妈妈给我买的新衣服
等你小了
我就给你穿，啊——

我忽然觉得
我不应该再悲伤了

（2005 年）

安
慰

小麻拉在电话里哭
哭得我一头雾水
我猜是妈妈打她了
但她只是哭
说不出原因
她拿着电话哭了大约五分钟
还是没有停下来的意思

我一直在安慰她
安慰到无话可说

这时她就停下来
对着话筒说一声"喂？"
仍然抽泣着

然后我就接着安慰她
她就又伤心地哭起来

（2005 年）

闲言碎语

我一个人待在屋里

我犯过许多错误

遭此惩罚

我渴望爱，可

又担心自己受不了

爱　会使人疲劳

而生活是平静的

在平缓的流动中方会持久

所以我担心爱是不长久的

我宁愿不要爱

我甚至不敢离开家

我怕我熄灯之后

黑暗会住进屋里

就再也不想离开

在我从外面回来之前

他们该会怎样议论我呢

这一屋子的黑暗

他们的闲言碎语

足以把我的睡眠淹没

(2005 年)

烧一壶开水
用余丛的诗

我把一壶水放在炉子上
点燃火
火很大，水面平静
我知道我有的是时间
我可以一边读诗一边等它

这些诗都被切得很短
我估摸着　需要几首
才能烧开这壶水
那么诗就是木头
它们被劈得整齐、干净
保留着树的粗糙的纹理

木柴结实、干净，也耐烧

却没有太多的烟

劈柴捆成一扎，我随意

挑出挨着的几根

（偶尔夹杂着几根干草）

一根一根投入炉火

然后看它燃烧的形状

我观察火焰，有时会着迷

它们在炉膛里均匀地跳跃

多少让人觉着　有几分温暖

大约烧了七八根吧

估摸着差不多了

我合上书本，跑过去

揭开壶盖

水早已经在轻轻欢呼

并举起了许多灰白的水泡

（2005 年）

我们的被子

雾气终于退却了

阳光一占据地位

我们就洗衣服

却发现

天台上早已经晒满了被子

没办法

今天　整个珠江三角洲都在晒被子

而上帝也在天上，查看着我们的被子

（2005 年）

放心肉

曹玉华找到了自己丢失一年半的女儿
从照片上看
母女俩简直长得一模一样

但是，按照程序
还要做一个亲子鉴定
这并不是画蛇添足
等结果出来了，搂在怀里的
你才能放心地哭喊：
我的儿啊，我的肉！

（2005 年）

知更鸟

我从未见过知更鸟
也许我见过，但不知道
我在乡间长大

我从书本上见到
知更鸟，我喜欢这名字
后来，我迁入城里
许多年
无缘得见知更鸟

也许，当我老了
世上已无知更鸟

（2005 年）

梭子

小麻拉光着脚丫
在屋子里乱跑

我觉得，她就像一只小梭子
在妈妈与爸爸之间穿行
在编织着什么

（2005 年）

献给小麻拉的花

我从草地上
采下一朵比麦粒还小的
绣线菊
以两个手指
把它举到小麻拉面前

小小的人儿
配得上这朵
小得几乎没有影儿的花
在出生之前，小麻拉

也差点就没影啦

世界多辽阔啊

（2005 年）

草地上的狗

新年的阳光很好
我想找片草地坐下来晒太阳
山脚草地上躺着一个男人
一本打开的书盖着他的脸

我爬上山坡
满目枯黄，去年观望过的
红叶树，叶子已经落光

忽然发现一条死狗
躺在橄榄树下的草丛里
这里没有人，是谁
把死狗扔在这里

我心里升起一阵厌恶，

想绕开它　但又

忍不住想看看

它腐烂的模样

春天就要来了

它的半截身体

已经融入泥土

另一半，一定正在发芽

草丛里忽然飞起一只小鸟

死狗也从草地上

警惕地站起来

嘿，好一只沙皮狗

它比我来得早

也在这里晒温暖的太阳

（2005 年）

卑
微
者

后来，我们说起那些残酷的事情时
有人曾向父亲问起他在"文化大革命"中的情形
他有点含糊其辞，只说最厉害的时候也被放过飞机
没有细节，他似乎为自己没有受那一类大苦而愧疚

有一天，我去探望患肝癌的朋友
见了面，朋友对我腼腆地一笑
似乎为自己得病劳动朋友来而表示歉意

有时候，我觉得他们是同一个人

他们万事不求人，不惊动众人

众人也不为难他们

他们本可以平安地活着，平静地死去

但是追问与探望，对他们都构成一种伤害

他们不得不就范，被动地迎合

于是，在人前，他们总是歉疚地

赔着笑，并且手足无措

（2005 年）

钢板与天堂

奶奶最近老是担心，
她的腿里还带着
一块早年植入的钢板，
她并不担心那钢板捣乱

她担心的是，在她死后
那钢板能否上天堂，
而她自己是一定的。

我笑她，这担心有点多余

但也许，她担心自己带着钢板

进天堂，被天使拒绝

她是想让钢板也一起进天堂

她已经老了，她并不想

像年轻的女孩小琨一样

把它取出来

（2005 年）

我
已
经

我已经做好了
随时失去一切的准备
我不怕任何打击
即使号角吹响
我也并不伤悲

你瞧瞧
我多么脆弱
又是多么刚强

（2005 年）

幸福

日落之时，与妻儿

在苍山之下

洱海之滨散步

是幸福的，而那

离我们很远

日落之时，与妻儿

在北土城之下

护城河边散步

是幸福的，而那

离我们很远

日落之时，与妻儿
在昆仑山之下
或羊卓雍湖之滨散步
是幸福的，而那
离我们更远

日落之时，与妻儿
在白云山之下
珠江之滨散步
是幸福的，也是容易的
而那　离我们也很远

尽管　从我的家
坐车去那里
只需四十分钟的路程

日落之时，与妻儿

在我家楼下

或到长坂公园的未名湖边散步

是幸福的，而那

离我们很远

那时，我因为一点生意上的小事

到外面陪人吃饭去了

而她们俩在我回家必经的马路边

守株待兔

直到小麻拉烦躁了

嚷着要回家去

（2005 年）

浮华镇

日光之下并无新事

但我仍然留恋人世间

这浮华，我并不懂得享受

但是眼看着，似乎也觉得欢心

当我抛妻别子

踏上天国之道

我也会像罗德的女人一样

回头留恋张望吗？

那时，广州东郊就会有一根盐柱了

我也问过许多人

没有一个人相信这千年的大城

会毁于硫黄之火

（2005 年）

奶
奶

下午，我在楼下的架空层
荡秋千，奶奶
独自倚在圆桌旁
打盹

在我来之前
空荡荡的楼底下
只有她一个人
而且，她一声不吭
独自打盹

天阴着，楼底下更加阴暗
了无生气的下午

我走过来的时候
她转过头看了我一眼
然后，继续打她的盹
于是，我开始荡秋千

我荡得很快
奶奶睡得很沉
我觉得她真是慢极了
几乎一动不动

她一个人在阴暗里待着
我以为她在照看孩子
可是，周围没有一个孩子
孩子们尚未放学

她最后的光阴

并不难熬

她的时间不紧

她甚至懒得着急

懒得消磨时间

她慢慢地瞌睡

心无旁骛

我想起我的奶奶

她已经故去三十八年了

（2005 年）

变质
乳汁在母体内

女儿刚两个月大

叶子就从桂林乡下

来广州找工

（她没有钱养活孩子

她跟男朋友分手已经半年了）

但　事情并不顺利

她来信说：

我去医院看病了

宝宝没吃奶

我的乳房痛得很

挤出来　却是脓

（2006 年）

来而复往

年齿渐长，他的面孔

渐渐明朗、整洁

人也更加安静

每到一处，生怕添乱

临走总把桌椅归位

把被子叠整齐，收入柜里

把双膝在床上留下的酒窝抚平

一切都跟当初一样

就像他没有来过一样

这一生的最高境界

就是保持世界的原貌

就像他从未来过一样

（2006 年）

尊
严

被父母遗弃的孩子
在哀伤之后，忽然间
脸上就有了一种儿童式的尊严
那是从未有过的

这表情，甚至使父母后悔
并且随后就把这个两岁半的孩子
带回了家

(2006 年)

钉十字架

我把小麻拉的胳膊
提起来
让她贴在墙上

小家伙在笑，她很喜欢这样玩
冷不丁蹦出一句：钉十字架

我一想，也有点像
但又觉得不对劲
于是纠正道：你愿意被钉吗？

耶稣被钉的时候有没有流血？

有！

（她从电影上看过）

痛不痛？

痛！

你还想不想被钉？

想！

（2006 年）

劫

该来的总是会来

即使大夫不宣判

法官也会宣判

即使法官不宣判

死神也会宣判

就像等待高考那天一样

就像等待大学毕业的那天一样

就像等待结婚一样

就像等待孩子出生一样

就像等待交房的日子一样

就像等待飞机起飞一样

就像等待火车到站一样

就像等待大幕拉开一样

就像等待曲终人散一样

就像等待华山日出一样

就像等待夕阳西下一样

或者，就像在炎夏的窗边等待台风吹来

在枯水的河边等待一场猛烈的春汛

死亡像一场运动

将街面上的人、车、树木和楼房

洗劫一空

（2006 年）

没有亮叔的日子

我在电话里问母亲

爸爸每天还打牌吗？

她说，不打

河里台那边开了家麻雀馆

个个都跑到那里去了

再说，个个都很忙

现在都忙些什么？

我问，农活我是外行

但我知道还不到收割的时候

忙着管理咯。 母亲答

这时距亮叔入土有一个多月了

我想，他要是活着

也只能这样忙碌

(2006 年)

高速公路

高速公路

是我的食物

每夜，我们呼吸着它的气息

听见车轮咬啮着它的皮肤

那些毛糙的舌头

逐渐触击它的肌理

吮吸它皮下的新血

高速公路安不下心来写一行诗

高速公路使我记忆模糊

最后，它被我们一点点

吸进了肺部

吃到了肚子里

小麻拉说：是什么东西，好臭啊

（2006 年）

荒凉大地

噢，这大地已经荒凉

小棋从天上往下界观看

惊呼，唉，这地上满是污秽

河里流淌的是人类作孽的水

噢，这肉体也已荒凉

肚子伴随着欲望膨胀起来

身体追逐着理想臃肿起来

鼻毛像一丛乱草，嘴巴发出臭气

脉管里流淌的是发黑的血

227

噢，这人心已经荒凉

这人心　寸草不生

但我们还不想就这样完了

那就把心切开　在这里播下

第一粒草籽

（2006 年）

天使鉴定家

早晨，三个小姑娘
穿衣服，梳小辫儿

小以斯帖老是叫我：伯伯
快看——我像不像天使呀？

我肯定：你很像天使啊！
小家伙开心得不行
眼里溢出惊喜，看着我
就好像我真的见过天使一样

（2006 年）

夜里的声音

小麻拉骂人
妈妈捂她的嘴
她就朝妈妈手上吐口水
妈妈打她的手

妈妈生气了
不理我们
锁起门来
门缝里有一条灯光的线
不知道在干什么

我和小麻拉洗了澡

也关起门，躺在床上

静静的，外面有车声

有谁家吵骂声

有打麻雀的人洗牌的嘈杂声

有人用头撞墙的声音

小麻拉忽然说

我听见妈妈出来

到了洗手间

我说，没有动静啊

她说：我听见她丢粉色盆子

然后到了客厅

我惊讶

小家伙连颜色都能听见

但，我们都屏息

仍然没有声音

又过一会
小麻拉没声音了
我轻唤：玛利亚——玛利亚——
第三声她答应了
含糊地问：谁在叫我呀

我说：是天使
她说：不对，是男人的声音

不一会，小麻拉就发出了轻轻的呼噜声
大约过了一个多小时
她妈妈起来开灯
也许洗了把脸
灯就灭了

（2006 年）

天鹅之死

在冬天，每天都有天鹅

死在山西河南交界处的黄河湿地

我刚从山西回来

那里的人很穷

他们毒死天鹅是为了钱

但天鹅也不富裕啊

它们没有别处可以过冬

它们的生命只有一次

它们的高贵只有少数高雅的人才认同

在穷人面前

它们没有被爱，甚至被饶恕的资本
它们的肉
穷人吃不到
却逮得着

它们的舞姿
无法令鼻子冻伤的猎人动容
它们的最后哀鸣
即天鹅之歌
是唱给那些寻找它们的刽子手听的

（2006 年）

少女把城市照亮

在铁路沿线

任何一座内地小城

都不堪入目

垃圾遍地，尘雾弥漫

拙劣的流行建筑令人作呕

少女，只有少女是神性的

少女是城市的唯一装饰物

无论在河边，在街上

还是在商店里
有少女的地方
才是可以忍受的

少女在城中各处闪烁
在建筑物的阴影里发光
她们照亮了整个城市
就像犹太人藏在面包里的黄金

（2006 年）

官军村手记

1.

厕所架在深渊上
人蹲下也很高
尿水坠下去，很响
尿毕，就用矮屋檐上的残雪
净手

2.

猫是神秘的，有灵气的
这家的狗更有灵性
只要是信徒
不管你从哪里来
它一声不吭
还过来舔你的手

不信的邻居过来
它就狂吠

3.

白雪压山岭，远处是积满盐的山
山谷里有更厚的积雪
一群纯黑的山羊
在谷底排成队伍，缓缓向前

像一条黑色的小溪

雄赳赳，气昂昂

到山下去攻占人的肚腹

4.

枯草在干沟里

保持着最近的一场大风

给它们梳成的形状

5.

我打开一张洁白柔软的纸

没有雪地白

一团雪花落在纸上

我把它包起来

再打开时，它就不见了

6.

太阳出来了

屋顶上的雪

化了装，沿墙根悄悄溜走

但它们走不多远

就会被黑夜抓住

并且把它们抓得更牢

（2006 年）

心
地
荒
芜

这豺狼的族类
竟贫穷得一无所有

你向他求鱼
他就扔给你蛇
你向他求福
他给你的是诅咒
你向他求生
他偏要让你死

你不求倒还好

你总不能向他示弱

这欺软怕硬的族类

他从来就没有好东西给你

他永远不会有好东西给你

因为他心地荒芜

寸草不生

(2006 年)

灵魂

一个灵魂打着一把大人用的雨伞

在马路中间

灵魂很矮小

像是蹲在马路中央

它没有手，但

没有人敢去夺它的伞

似乎担心它夺去自己的灵魂

（2006 年）

新

路

一辆巴士的前面

挂着一块牌子

上书："走新路"

起初我如此意会

以为它是专门到街上

拉几个人数可怜的醒悟者

它的生意一定不好

我以为，被这几个字吸引上车的

都是些有悔改之意的人

但，其实

它只是能够更快地

带一些旧人

去一个走旧路也能到达的旧地方

（2006 年）

弟弟一辈子，就像此时

一样沉默

每天，弟弟都在沉默中度过

他的一生，由许多个沉默的日子

构成，每过一天

就多一些沉默

就这样，他渐渐潜入

寂静的深处

（我不敢说，他像羊

在剪羊毛的人手下

默然无声，他不是那样的人）

他像一只被蚕妇遗忘的茧

一肚子丝

却抽不出一根线头来

（2006 年）

沙尘暴

早晨，我接到呼和浩特来的电话

十余年不见的朋友

老王刚说句"这儿正刮沙尘暴呢"

电话就断了

再次打过来时

他说想来南方工作

他在呼和浩特已经工作了 18 年

他没有说是因为沙尘暴

我猜想，原因也没有这么复杂

跟沙尘暴一样

只要还有点力气

他就还想往前去

（2006 年）

平安时代

谢天谢地，我们生活在这个
平安的时代
不用担心半夜被警察带走
（只要提防带小刀的小偷）
不用担心战争
（但可以看电视里的战争）
不用担心大饥荒
（不妨忆苦思甜）
不用担心暴动……

一切都在掌握中
一切都有着合适的分寸
政客温文尔雅
流氓彬彬有礼

就像歌里唱的
没有眼泪，没有悲伤
没有恐惧，没有失败
没有无聊，没有绝望

庞然大物的圆滑腔调
降低了悲伤的纯度
在街上移动的树木
是不易受伤的硬木

(2006 年)

玻璃在惨叫

一家人看电影
《悲伤草原》，希腊片
电影里的一家人躲在楼上
在他们身后，有石头接连不断地飞上来

小玛利亚问：爸爸，他们家的玻璃
为什么会叫啊？
那时，爱莲娜家的玻璃
被那些石头击打，一块块破裂。

小家伙说得没错
玻璃的身体裂开时
发出撕心的惨叫声

（2006 年）

手

一病三十年

母亲的手

疼得变了形

母亲从不会跟人握手

她的手　实在

拿不出手

(2006 年)

疼
痛

每一天，母亲想办法对付疼痛

她有丰富的经验和武器库

止痛片，膏药，药酒，按摩器……

像个老战士

她跟自己的身体搏斗

已逾三十年，谁也没有倒下

她们相互依存，相互折磨

直到对方屈服

但，她不能一劳永逸

晚上躺在床上，她又得考虑

明天　该拿什么招待　她的老朋友

她在努力　要每天的方案都有一点不同

她不想让这个老对手觉得自己　笨

（2006 年）

我以为会有大风

我以为会有大声

我以为那是不平凡的一日

我以为会有泪水

我以为会有乌云

我以为会有雷电

我以为一定跟往日不同

我以为会有哭声

(2006 年)

饥饿的眼睛

从早至晚
土地上歇满了眼睛

从早至晚
眼睛贪婪地吞吃不同的颜色
和光
眼睛也会饿死

眼睛在地面上
飘浮

有两只老眼睛道：

还是这些人，这些事

我却总是　看不饱

从早至晚

大地上的眼睛

慢慢变红

却仍然不肯眨一下

贪婪地看着这世界

（2006 年）

河边的女人

看电影的时候，我恍然大悟
我的妻女也许永远失去了
下到河里洗衣服的乐趣
而小麻拉甚至看不懂
为什么电影里的犹太女人
把衣服丢进河里

女人本与水亲近
每天早晨摆弄电动机的女人
肯定没有下河洗衣服的女人

温柔

而我的损失　还远不止此

事实上，在这个国家

已经很难找到一条

能把衣服洗干净的河

（2006 年）

器皿

趁泥土柔软的时候
把它做成合用的器皿

我见过许多人的心
他们是多么坚硬啊

他们不知道自己
什么都做不成了

（2006 年）

茅屋为流星所破歌

有人问我见过流星么
我只见过一次。　小焉说。
是在乡下实习时，夜里我正上厕所
只是个茅草围起来的坑
我正在诧异它没有盖顶
一颗流星　忽然从头顶划过

当时外面有许多同学在排队
我也不敢惊叫
只好把这件美事存在了心底

（2006 年）

259

苹果熟了

9 月 1 日，开学第一天
苹果的价格
应声而落
我不知道，这与开学有什么关系

8 月 31 日傍晚，一个姑娘
在沧州乡间的一处果园里
摘下了今年第一筐新果
在我家旁边的市场上
从 6 月起就一直价格坚挺的苹果

忽然身价直跌

从本日起

我决定取消（本经济独立体）对苹果的禁令

从本日起

我决定恢复对苹果的胃口

（2006 年）

香溪

我们的车从昭君村对岸

路过，在盘山公路和村子之间

是一条行色匆忙的溪流

我确信，昭君一定在这小溪里洗过脸和衣服

在这样的水面上

她的面容一定模糊，甚至

根本照不出模样来

我们的车开得很快

溪水也流得很欢

想要在这里寻找昭君的痕迹
是徒劳的
想要在附近山路上找到
某个跟她相似或者有关系的人
是徒劳的
但我确信，那时送昭君上路的人
比我从车上看到的人多
那时的溪水
比现在干净

当时，我没有别的念头
我只是觉得，那水呀
流得很急
像是要去赶什么约会
我固执地猜想当年
这溪水也是这般匆匆地流

而水的流速，一定影响了
昭君上路时的心情

（2006 年）

惧
怕

我出生于一个恐惧的时代
那个时代留给我的
是脆弱的肉体和心灵
我每天都在惧怕，担忧
疑虑重重

我怕上街，怕车不长眼睛
怕热带的太阳，怕闪电
怕骗子近前搭话，也怕熟人跟我疏远
怕身体出问题，怕牙齿掉得过早

怕功能消退，怕病怕死

怕失业，怕将来没吃的

养不活妻儿和自己

怕未来，也怕过去的罪孽找上门来

惧怕住在我家，住在我心里

跟我聊天，拥抱我

这些年，它跟我成了老朋友

比我的爱人还要亲

但，我所惧怕的迎面而来

我的生命　一点点被我惧怕的强盗

夺走

（2007 年）

穷冬天

1.

终于下雪了
终于下得起雪了

曾经有几年
冬天穷得揭不开锅

冻土地上没有雪
就像死了没有埋一样

2.

终于下雪了
长沙城里
懂点雪的人
见面彼此相问

是什么牌子的雪？

3.

城里下雪了
乡下仍然没有下
穷人没钱也没技术
下不起雪

4.

人决定
今年春节
火车票不涨价了
天决定
今冬只城里下雪

乡下人少
下雪无人看

（2007 年）

舍不得

傍晚，妈妈做饭

爸爸和小麻拉洗菜

父女俩蹲下来

两双手凑在一起

青菜颜色鲜嫩

小麻拉摆着菜叶

禁不住叹道：我好舍不得啊

于是，她把两片菜叶取出来

一片大的，一片很小的

放在洗脸台上

她的理由是：它们太美了

（2007 年）

审　判

谁能够审判别人呢
谁又有勇气审判别人呢

你看，他拼命捂着自己的罪
在审问对面那人的罪

（2007 年）

慌张

这是一个慌张的国度，人们生于慌乱，死于慌张。

在路上，人们永远慌张着。

必须把他们分开，不能让三个中国人在一起。

在一起就慌张。

世事常出乎意料，永远有见不够的世面，所以总有出乎意料的慌张。

人群慌张，我也慌张。

人群不会停止慌张，而我在试探了几次之后，逐渐安静下来，胆子渐大起来。

若无其事的人容易被流弹击中。

（2007 年）

绅
士

昨夜，我结识了一位高雅的朋友
之后，我们一直在谈论庸俗的话题
末了，我甚至怪自己喋喋不休

回家的路上，一块石头把我绊倒
还好，摔得不重
我爬起来，没敢吱声

这块石头还有点高雅
它　也没有作声

（2007 年）

救世主

在我的青春时光
我常常歌颂明天
每日等待它，赞美它
把它描绘得像天堂一样美

我跟周围的人一样深爱着明天
像盼望救世主一样
等着明天把我从苦难中救拔出来

就这样，我每日陷在
对明天的痴想里
糟蹋了　无数好时光

现在，明天已经来到我们中间
它就是你我看见的这个样子

（2007 年）

省

略

每天我都省略一些东西

我不喜欢的

不想记住的

恶心的，污染眼睛和心情的

每天我做一道题

略去过程，略去忧伤

略去愤怒、苦难与伤害

略去扎心的言语

其实，每一分钟都在省略
但省略得不够彻底
闭目，屏息，塞耳
让世界默默在外喧嚣
让时间在身外默默流过

我被时间省略
我也在生命册上
把它省略
剩下的，就都是我的了
就是这点东西支持我
活下去

（2007 年）

哀牢山

哀牢山里有我的学生
其中有一个在作文里写道：
爸爸妈妈离婚了

然后，妈妈牵着我家的猪
离开了家

（2007 年）

无能为力

我以为我已经懂得生活了

我以为我当够儿子了，也就会当丈夫和爸爸了

我以为工作十余年了，它对我没有什么困难

我以为我会走路，会说话，会写字

会跟人打招呼

我以为一切尽在掌握中

我知道自己该干什么

并且知道自己正往哪里去

有一天，我忽然发现

其实，我对老婆孩子没办法

我对工作没办法

我对诗歌没办法

我对这六十八公斤的身体没办法

我不想数算日子和时刻

我甚至什么也不想等候

我不想看什么，也不想听什么

每一句话都有下沉的力量

每一个物象都令人灰心

我不知道怎么安置自己

我不知道现在该怎么办

我不知道该往哪里去

我不知道此刻该干什么

才能让我开心，才能让下一刻不觉得失落

（2007 年）

翻身

人最舒服的姿势
为什么是仰卧？
因为，上帝为了让他的孩子
勿忘故乡
时时仰望天上的家

人啊，活着的时候
面朝黄土背朝天
死了，总算
翻过身来

（2009 年）

灵魂的可视性

经过持久的研究后，我终于发现

只有在空气最洁净

视野最清晰的时候

人的肉眼才可能看见灵魂——

那些有肉体可依的灵魂

或死者的孤魂

所以，无论是埋在尘土废气里的广州

还是笼罩在煤灰中的北京

想见到灵魂

绝不可能

(2009 年)

贪
爱

上帝会在夜深人静的时候悄然来临

而我们每天的工作都留下后手

高中时，我有位政治老师，每天早晨

都会把自己的被子叠起来，把简单的行李捆扎起来，

准备出发

但是，一住十多年，他一直没有出发

他是外乡人，他以为自己根本不属于那里

许多年，他没有结婚，没有买房置业，没有升官发

财……

而上帝会在谁都不注意的时候忽然来临

接走这些贪爱今生的孩子

（2009 年）

古

今

古之圣人
常因天灾而罪己

今之君子
每以人祸而谴天

（2009 年）

泪

我已经很久没有流泪

我已经流不出有意义的眼泪

见到 20 年未谋面的老同学

些许激动而无泪水

遇到悲伤的事

比如小林的死

一时也挤不出伤心之泪

哀莫大于心死

我为此而悲哀

我不想自己心死

我不确信

更不愿意

我知道自己状态不佳

我为自己悲哀

悲哀却仍催不化

凝固的泪水

（2009 年）

狮子、孔雀和诗人

在动物园大笼屋前

他们对狮子说：

嘿，草原之王啊，

吼一声给我们听听？

他们只把这当他们的娱乐

转到鸟类馆

他们又逗弄孔雀：

嘿，皇后，开个屏给我们看看？

开一个就给一百块

在舞台前，他们开始戏弄诗人：
嘿，给我们唱一首锡安的歌吧？
可是，我们怎能在亵慢人面前
唱颂圣洁的歌呢

可以想象，那一天
狮子、孔雀和诗人
都没有出声
但是挑逗声、嘲弄声不绝于耳
激起了 阵阵哄笑

（2009 年）

第三辑

废 琴

你们家真危险

小可乐来我们家做客
因为翘凳子
摔了一跤
磕掉了一颗牙齿

小可乐对小麻拉道：
你们家真危险！
小麻拉奋起护卫：
一点也不危险
只是你要注意

（2010 年）

童声

我摸摸他的光头劝勉：
加入我们吧，唱诗班需要童声……
子杰道：我已经不是童声了

原来，这小男生听老师的话
二年级早读时就喊哑了嗓子

大夫说要过变声期后
才有可能恢复天然的嗓音

（2011 年）

她曾经暗恋过一双布鞋

黑色布面、白塑料底的那种

母亲或妻子亲手所做

那种布鞋曾经流行一时

但在她眼里只有他穿着好看

她天天盼着上他的课

等对了面却不敢看他

只盯着地上那双黑布鞋

裤线很整齐，布鞋更干净

穿在他身上，是个干净的男人

她曾经暗恋过一双布鞋

她一直没有机会表白

也没有告诉任何人
这个甜蜜的秘密
在心里一直藏了两年

结局嘛，是在初中毕业两年之后
她特意拐到学校
在小河边与他不期而遇
那次他穿的是拖鞋、大短裤
怀里抱着一个孩子……

趁着他已经认不出自己
在 20 米外，她扭头就走
并且用了些时日
把他穿拖鞋的样子
从记忆里抹去

她曾经暗恋过
一双布鞋……

（2011 年）

开水

烧开的水是活水

还是死水?

水烧得死吗?

如果开水还活着

把开了的水倒进河里

会不会把河流烫死?

如果开水是死水

那么,把它倒进河里

它会复活吗?

它被烫伤的那一块河面

会修复如初吗?

(2011 年)

将信将疑

一声刹车将信将疑……尖叫
一个汉子将信将疑扑倒在地
一辆自行车将信将疑散落一地
两个警察将信将疑查看路面
一辆救护车将信将疑戛然止步
一副担架将信将疑展开自己
几位护士将信将疑给伤员量体温
一群看客将信将疑在心里议论
偶尔跟身边的人交换一个眼神

（2011 年）

最后的斗争

曾经以为

我们的上一次

就已经是

最后的斗争

现在看来

斗争

还远没有

结束

(2012 年)

黄　昏

有次跟父母下地
收红薯
回家的路上
母亲不时俯身
拾取路边或沟渠沿上
遗漏的枯树枝
我那时幼小，不当家
不知柴米贵
以一介书生之地位
责备农妇道：

这东西捡它做甚？
很瞧不起的语气
做教书先生的父亲
也在一旁附和：对
这才是我的儿子
那时天色已近黄昏
我看不清她的脸色
只记得，母亲当时
没有作声

（2013 年）

等

等长大

等毕业，上大学

等工作了，赚钱

等一个人，结婚

等孩子出生

等他长大，远走高飞

等救星降临

等黄河变清

等"四个现代化"

等共产主义

等一个梦

等卫星去黑洞偷听

等一句回音

等退休了，出去旅行

等父母老去

等一次告别

等考试结果

等最后的审判

等永恒的相聚

等婚宴开始

等新郎来到

…………

这一切，很漫长

但，都不算难等

一生中

最难等的

是电梯

短短几秒

却真要了命

（2013 年）

无
花
果
树

快下班了，池老师
忽然问我：
有东西吃吗？
我心里暗暗一惊

仿佛主耶稣
在加利利海边
问五个门徒
小子们，有吃的
没有？

又仿佛主耶稣
从圣殿往伯大尼
的路上，饿了

他在无花果树上
找吃的
但是，树上只有叶子
没有果子

当我的朋友向我
要吃的
我翻遍抽屉
什么也没有找到
心里实在愧疚

哪天，当我的主饿了
向我要吃的
我像那棵无花果树一样
一无所有
那该有多羞
那该有多羞

（2014 年）

琴

一把琴，被人爱惜着
是幸福的

一把琴，被懂它的人弹着
更幸福

我的琴在地铁里不作声
我是要把它带到一个
可以发声的地方

地铁里的人都不作声
就像制琴工厂，或运琴的货车

它们要去到哪里才会被人弹奏
它们要去到哪里才会被人珍惜

（2015 年）

故
旧

为什么
我的故旧
都过得比以前
滋润，而我
仍然是老样子？

因为我已经是
一个新人吗？

(2015 年)

赞美

我喜欢沉默

难以赞美

我常常忧郁

不想赞美

我嘴笨舌拙

发不出赞美

当我听到怨言

就想，如果……我赞美

当我为自己也为亲密的人

悲哀的时候

就想，为什么……不赞美

当我为了一口米汤

背诵"鳄鱼的咳嗽"的时候

就想，谁叫你……不赞美？

直到我被人辱骂

心被刺痛

我才想起，赞美之

甜蜜

（2015 年）

梦

一聊起往事

母亲就说个不停

母亲这一辈子

劳碌，疾病，穷苦

疼痛折磨了她半辈子

然后，就说三个孩子

小时候的事情

我的故事比较多

因为 1976 年的一场疾病

现在，我也到了
母亲当年的年龄
她没有留下什么家当
从始至终，身无长物
母亲只有我们

从那时到如今
平淡，顺利
似乎没有什么可说的
还有些话，也不便说出
末了，母亲禁不住感叹一句：
养大你们几个
真像一场梦

（2015 年）

雨

雨下了

整整一天

大雨接着小雨

风助雨势

终于把天

下黑了

我不得不

从暗下来的窗口

往灯下

转移

一抬头，一阵

光芒的雨

（2015 年）

家里的老人

都在谈论死亡

母亲说：不知道

几时死，活着又动不了

还不如死

父亲说：即使死了

也不叫老二回来

因为他信外国的神

不要自己的祖宗

全官伯一见面就诉说：

你不知道，我有多难受

我的心脏一跳动

我就气喘吁吁

我以后的日子

会很难过

会很难过

89 岁的老舅妈

在这些人中

年寿最高

她倒是没有

说起自己的死

那些年纪较轻的人

就像以前谈工作、谈孩子一样

他们只是在拿死亡

自嘲，矫情

（2015 年）

废琴

一架刚刚
废弃的电钢琴
还挺新

不知为什么
中央 C 左手边
那个 Ti
失去了弹性

每一架琴
损坏的键都不同
最先喑哑的
都是琴手
最心爱的
那个音符

(2015 年)

随笔·诗话

三十年汉语诗歌之路：自由·真理·尊严

关于语言

三十年汉语诗歌之路：自由·真理·尊严

　　汉语诗歌的这三十年，就是一个解除人与艺术身上重重捆绑的过程，是一个反对奴役、压制、伤害的历程，是一个获取心灵自由、回归真理、追寻人的尊严的过程。

　　食指的《相信未来》、北岛的《回答》《结局或开始——献给遇罗克》想解开政治的捆绑；舒婷的《致橡树》想解开情感的捆绑；于坚的《零档案》想解开体制的捆绑；韩东的《有关大雁塔》想解开虚伪的捆绑；海子、杨键试图解开世俗的捆绑；伊沙的《车过黄河》想解开文化的捆绑；下半身想解开上半身的捆绑……

　　问题是，这些捆绑有没有真正解开，解开之后，有没有重新被捆绑？或被新东西的给捆绑？诗人要问的是，我们有没有获得心灵的自由呢？我们挣脱了重重锁链之后，获得了胡闹撒泼的自由，迷茫中仍然不知所归。即使获得了一定的自由，也远未获得做人的基本尊严（更别提许多诗人成为物欲、名利的新奴仆），我们常常是脱离一串捆绑，而进入新的枷锁之中。

诗人多以为自己在寻求真理，或以为靠写作即可获得尊严，却未必认识到自己的傲慢与急功近利。真理又在哪里？有的人也许以为它在自己手里，却不知道从来没有真理在握的人，只有顺从真理的人。其实，说不定在追求真理的途中，我们一直在抵挡真理、拒绝真理、羞辱真理。如今看来，诗人的形象其实更似无家可归的浪子，也许很多人享受此种称谓或形象，而且都爱以"寻道者"的姿态出现，但是内心的迷茫呼之欲出。

三十年还很短，我们仍在通往自由的途中，仍在接近真理的途中，离重获人的尊严还很远。

眼下，我们不得不面对的精神上的现实是自我迷失，也就是"人"失踪，因为没有与上帝的关系，人就迷失了自我。在此种文化背景之下，国人拼命寻找自我，"下半身"、身体写作，垃圾派，崇低……汉语诗歌里有语言崇拜、大师崇拜、技术崇拜，还有更泛滥的反智主义、自我崇拜、流氓崇拜……这些都成为自我强化（确认）的手段。其潜意识是：我就是男人（或者女人），我就是生殖力，我就是鲜活的生命，肉体的赤裸表白就是灵魂之语。 活着并且说出就是生命的意义。 但这种寻找价值和意义之路，注定是一种没有方向的盲目突围。 "我是嘴唇不洁的人，住在嘴唇不洁的民中"，在不洁的语言环境中，诗歌也被严重污染了。

诗歌艺术的方向到底是向前还是向后？ 前面是个未知数，但一定是死亡。 那么，回归传统可以吗？ 传统里有救生命的良药吗？ 传统愿意起死回生吗？ 我们仍然期待新的科学发明（智力玩具，诗歌形式的变化）把人类带到光明时代吗？ 日光之下无新事，器物的更新并没有（也不能）带来文明的进步，上帝从起初就指明了将来（现在）的事。 这位时间的万物的创造者和终结者期待万人都归向他："你们不要思念地上的事，乃要思念天上的事。"

自我救赎的神话和豪言壮语，我们已经听得太多，但当一个人落入深水区的时候如何自救？ 自救是对上帝救赎恩典的藐视与放弃，是人类脱离上帝（真理）而独存的傲慢表达，属于浪子绝不回头式的嘴硬、一条道走到黑的孤傲。

如果庸众不懂得（或者忘记了）仰望星空和上帝，起码诗人的眼睛应该探求他。 汉语诗人的眼光如果只盯着自己，只盯着地面，只盯着周围 360° 的范围，是找不到出路的。 我们的眼睛应该向上，向上！

（2007 年）

1.

诗是语言之精华，是水里的酒，纯粹的、无杂质的。

是非功利的。 诗不是为了诗以外的任何目的，获取名，或利。

诗歌是灵魂的，不是肉体的。

诗，只有诗，不可加上别的。

爱诗，除了诗，不可分心爱别的。

每天亲近她，不可亲近别的超过亲近诗。

要心里火热，不可冷淡诗。

常常亲近诗，让诗对你的心说话。

用诗思考，用诗说话，跟诗聊天。

一生追随诗，不可偏离左右。

诗是艺术之王，值得把生命献给她。

再献上金钱、爱情、家庭和孩子。

只献上一生是不够的。

把孩子献给诗。

尽管，诗和孩子，未必能够相见。

在诗歌面前，保持敬畏和惶恐。

诗就在你面前，你永不可够得着。

你以为自己抵达了诗，却不知在你达到的瞬间，诗又飘远了。

诗容不下污秽、渣子。

不可用好坏来判断诗人。 诗是凭价值判断，而不是以道德判断。

诗不塑造灵魂，诗就是灵魂。

诗是启示，是天上来的。

灵感者，是灵魂对启示的感应和接收。

煤里有火，语言里有诗。

诗是形状不一的一堆黑色文字，诗是一件里面闪光的艺术品。托尔斯泰有句话，大意是：我们都将老去，但只要在我们写下的一堆文字里，有一丁点儿"艺术"（也就是诗），它就会像金子一般代替我们永存下去。

2.

汉语诗的环境，是被谎言破坏的。

人作恶，必须用谎言来掩盖。

一边作，一边说。

作完了，就盖住。

多么神似：狗在风中撒完尿，总不忘用蹄子往身后扒拉几下。

谎言也增加了暴力。

作恶者越来越强大，就弄瞎了目击者的眼睛，并封住了警告和责备的口。

谎言加上暴力，破坏了人的痛感、罪恶感，使人对痛麻木，对罪麻木。

暴力携着谎言，破坏了人的幽默感，让人哭笑不得，痛不欲生。 像被麻风病人强奸的人，不想活着，不想说话。

人的大脑澄清谎言的能力是有限的。

在谎言里浸淫得久了，思维就会错乱。

谎言加上暴力的长期统治，使人内心产生一种虚假感觉。

似乎是痛苦的，却又没有多少痛苦。

似乎是耻辱的，却又感觉不到耻辱。

似乎是罪，却又不觉得是罪。

似乎是正义的，却又充满邪恶。

似乎是干净的，却又污秽不堪。

更可怕的是，满耳的谎言让人喜悦，兴奋，满足，陶醉，希望。

在此种语境下，诗人常常无法写作，因为常常有错觉，常常真假莫辨。

什么样的诗句可以在谎言中书写？

谁能够在谎言中吟唱诗歌？

谁的内心有如此强大，可以抵抗带着刀子、手枪、坦克甚至原子弹的谎言？

3.

唐朝最好的诗人也许湮灭了。

诗歌的评判者是上帝。
安息吧。
不要盯着诗歌史写诗了，不要争地位了。
按照你的本性来写作，而不是按照别人的需要来写作。
读者和文学史需要的东西，我写不出来。 即使写出来，也不符合我的本性。 连我自己也厌弃它。
我手写我心。

4.

上帝把我安置在此时此地，是要我为此歌唱。
每一块土地都需要歌者。
不要亏待了滋养我身我心的水和土地。
对造物主和一切养生的心怀感激。

诗人是自然之子。

写作就是吐露心迹。

春蚕吐丝啊，吐尽了就拉倒。

感恩是诗歌的主要源泉之一。

风是诗歌的源泉之二。

水与土是诗歌的源泉之三。

鸟是诗歌的源泉之四。

爱是诗歌的源泉之五。

5.

悲愤出诗人。

悲愤是另一种诗歌。

悲愤是诗歌的源泉之六。

如果只有悲愤，没有爱和怜悯，就不会有诗歌。

6.

诗人是天真之子。

语出天然是最佳状态。

7.

降卑再降卑。 在诗歌面前低下头来，谦卑、敬畏。
卑微的，低调的，反省的。
我的诗有何意义？
为什么写作？
内心的真实。

8.

诗是为了使人心灵得到光照、启发和安慰。
领略自然之美，创造之美，情感之美，心灵之美。
领略爱与被爱。
诗使人爱自由并追求自由。
诗使人得自由。

9.

我赞同诗人阿吾之说：人类最初的诗，《诗经》和

《圣经·诗篇》都是不变形的诗歌。 直接抒写的诗最为震撼人心。

比如："我们曾在巴比伦的河边坐下，一追想锡安就哭了……耶路撒冷啊，我若忘记你，情愿我的右手忘记技巧。"

朴素，直接，三千年后读来仍然震撼。

诗歌应该忘记技巧。
宁愿忘记技巧，也不忘记诗歌本身。
不要爱技巧超过爱诗歌。
诗在形式之外？ 得意忘形？

10.

不要指望每一首诗都会获得一块糖果的奖励，否则会被惯坏了。

但没有糖果，诗会饿死吗？

11.

你爱诗，是因为诗能给你带来什么吗？

但，你给诗带来了什么好处？

是你给诗，还是诗给了你？

12.

每个诗人都有两个在不断扩张的诗歌圈。

外圈越来越大，内圈越来越深。

13.

让旧我死吧，那点名声算什么？　那几首旧破诗算什么？

否定自己，每日更新生命，心意和词语也就更新。

常常更新，找到源头，生命就不干枯。

向下扎根，向上生长。　按时开花，按时结果子。

诗就是内在生命，诗见人心，诗就是生命树上的果。

14.

心中有爱，有生命，做内心强大的人。
影响别人，而非被别人影响。

井水涌出，河水就不会倒灌。

15.

写作是给出，是付出。
诗是呕心沥血的创造。
所谓完成自己，最终是为了成全别人。

16.

不要恨，一点都不要，不要文人相轻。 只要爱与
尊重。
不要愤怒，苦毒，指责，发脾气。 为诗歌争风吃
醋，伤人伤己。

停止伤害，做内心健康的人，诗歌才会健康。

诗人是盛诗歌的器皿。

先洁净诗歌的器皿——内心，才有纯净的诗歌。

17.

现代汉语诗歌的使命，就是要恢复汉语的纯洁。

恢复汉语的正常功能。

还要恢复汉语的能力。

语言是有能力的，如揭示力、开启力、洁净力、行动力、穿透力及生命力。

18.

1992 年，我初到广东时，就说过：赤道附近无作家。

没有秋和冬，苹果的甜汁不会沉淀下来。

哈密瓜为什么甜？ 因为昼夜温差大。

诗如何才好？"温差"再大一些。

心要热，下笔要冷。

克制语言与情感。

诗要淬火。

19.

人都孤独，优秀的人孤独更甚。

学会享受独处。

古人有慎独的告诫，但诗人的孤独是必需的。

诗从天上来，只有当诗人一个人时，诗才会从天降下。

诗要留白，诗人要给自己留闲。

不要把日程和脑子排得太满。

人忙无诗，脑满就把诗挤走了。

20.

民间思想家王康说：俄国诗人与帝国在精神上，始终有一种对峙的关系。 帝国有多强大，诗人的精神就有多高尚（广义而言）。 俄国知识分子与俄国的专制制度，是俄国历史上同时存在的两种实体，一是帝国、权力的实体，二是精神、道德的实体，这两种实体相互对峙，同时演绎俄国的历史。

中国诗人在哪里?

21.

"下吧下吧快下吧,冻死苍蝇未足奇。"

小学课本上的一首顺口溜(假诗),我一直念念不忘,说明诗教之重要。

以此大约知道从小该让孩子读什么诗了。

22.

诗歌是细水长流,渐渐就成为大河,为什么要着急呢?

你看小溪着急不?

无论什么坎儿都会流过去的。

只要源头是湿润的。

23.

要珍惜光阴。

不要把时间浪费在网上,起哄上,看热闹上,甚至辱骂打架上。

在连续七个丰年里积累粮食，够你一生吃用的。

24.

诗歌风格与手法技巧各异。

只拒绝诗歌僵尸，崇尚生命的书写与吟唱就对了。

25.

诗是为了把没有经过文学训练的读者拒之门外吗？

设置阅读难度与门槛，为了什么？ 炫耀吗？

数以亿万识字却不懂诗歌技巧的人不需要读诗吗？

诗歌不需要这样的读者吗？

要表现才华，写一部分炫技作品就行了。

剩下的精力用来抒写生命。

26.

有的诗歌名作读了使人不想活，或者使人有病态的想法。

诗不仅仅是技术，甚至不仅仅是艺术。

好诗不是使人死，应该是使人活，并且使人活得更丰盛更健康的艺术作品。

27.

一代又一代诗人来了又走，写法来回改变，但诗还是诗。

世界变化了，人心变化了，只有诗没有改变，她一直在吸引着、鼓舞着我们。

诗像雨水渗入泥土。 诗躲在不同的地方，藏在干的或湿润的土里，甚至藏在石头里，吸引我们去寻找她。

（2007 年）

1966 年　4 月，出生于湖北天门八子佬附近的田肖家湾，父亲为教师。

1976 年　秋，因捡棉花劳累患腿疾住院，后休学一年。

1979 年　在兵铁口中学读初中，师从文振威。

1981 年　升入卢市高级中学。

1983 年　高考失利后转入竟陵高中高三文科，师从韦敦本。

1984 年　考入北京师范大学中文系，师从蓝棣之、任洪渊、王一川、童庆炳、常汝吉、刘晓波、王富仁、郑宜等老师，遇见朱枫、马朝阳、伊沙、徐江、侯马、桑克、海童、冰马、蓝柯等校园诗人，被诗歌深深吸引。

1989 年　从北京师范大学毕业，客居北京三年。

其间，做过中国儿童电影制片厂看稿员、校园酒吧店员、图书馆复印工和民间九强托福学校职员。有好长一段时间，我与滞留生挤住在学生宿舍，又先后搬到北京大学和中国人民大学旁边的民房里。

1992 年　发表油印诗集《练习曲》。

1992 年　夏，到广州任中学语文教员，开始专注于诗歌写作；常常于傍晚登上鸡笼岗远望，周末常到华南农业大学边的小树林里散步。

1993 年　受邀加入徐江主编的《葵》诗刊。

1994 年　11 月，处女作《苦孩子》一组发表于广东《作品》杂志。

1997 年　诗作《1958 年》发表于严力主编的《一行》诗刊。

1999 年　7 月，诗集《梦见歌声》由青海人民出版社出版，伊沙主编。

1999 年　被中岛主编的《诗参考》作为头条推荐。

2000 年　被杨克主编的《1999 中国新诗年鉴》作为头条推荐。同年被韩东主编的《芙蓉》杂志作为诗歌头条推荐。

2002 年　年底，离开中学，到《南方都市报》副刊任编辑。

2003 年　8 月，诗集《马兰开花二十一》由河北教育出版社出版，收入韩东主编的"年代诗丛"第二辑。

2004 年　与大草、一回、小抄、花间、谢湘南、晓水等诗人创办《白》诗刊，连续印刷了 7 期。

2007—2010 年　散文专栏"小的很美"在深圳《晶报》发表。

2010 年　应邀到大学中文系任现代诗歌教员。

2012 年　12 月，诗集《逐客书》由青海人民出版社出版。

2014 年　9 月，诗集《日悔录》由上海三联书店出版。

图书在版编目（CIP）数据

宋晓贤的诗/宋晓贤著. —北京：北京师范大学出版社，2019.10
（北师大诗群书系）
ISBN 978-7-303-24480-5

Ⅰ.①宋…　Ⅱ.①宋…　Ⅲ.①诗集-中国-当代　Ⅳ.①I227

中国版本图书馆 CIP 数据核字（2019）第 001932 号

营　销　中　心　电　话　010-57654738　57654736
北师大出版社高等教育与学术著作分社　http://xueda.bnup.com

SONG XIAOXIAN DE SHI
出版发行：北京师范大学出版社　www.bnup.com
　　　　　北京市西城区新街口外大街 12-3 号
　　　　　邮政编码：100088
印　　刷：北京盛通印刷股份有限公司
经　　销：全国新华书店
开　　本：890mm×1240mm　1/32
印　　张：11.25
字　　数：307 千字
版　　次：2019 年 10 月第 1 版
印　　次：2019 年 10 月第 1 次印刷
定　　价：55.00 元

策划编辑：禹明超　　　　　　　　责任编辑：周　鹏
美术编辑：王齐云　　　　　　　　装帧设计：王齐云
责任校对：段立超　陈　民　　　　责任印制：马　洁